文化呈贡系列丛书

杨红仙◎著

行走呈贡

云南大学出版社
YUNNAN UNIVERSITY PRESS

图书在版编目（CIP）数据

行走呈贡 / 杨红仙著. --昆明 : 云南大学出版社, 2022
（文化呈贡系列丛书）
ISBN 978-7-5482-4439-4

Ⅰ. ①行… Ⅱ. ①杨… Ⅲ. ①散文集－中国－当代 Ⅳ. ①I267

中国版本图书馆CIP数据核字(2022)第081023号

策划编辑：陈　曦
责任编辑：严永欢
装帧设计：刘　雨

文化呈贡系列丛书

行走呈贡

XINGZOU CHENGGONG　杨红仙◎著

出版发行：云南大学出版社
印　　装：昆明瑆煋印务有限公司
开　　本：889mm × 1194mm　1/32
印　　张：7.125
字　　数：168千字
版　　次：2022年7月第1版
印　　次：2022年7月第1次印刷
书　　号：ISBN 978-7-5482-4439-4
定　　价：58.00元

社　　址：云南省昆明市一二一大街182号（云南大学东陆校区英华园内）
邮　　编：650091
电　　话：（0871）65033244　65031071　65031070
网　　址：http://www. ynup. com
E-mail：market@ynup. com

若发现本书有印装质量问题，请与印厂联系调换，联系电话：0871-64167045。

乡土里的时光
（序一）

存文学

杨红仙是一位擅长戏剧创作的年轻作者，出道以来，已获奖无数（从中央到地方的各类大小奖项都有），为呈贡文艺创作增添亮丽的色彩。原因除了她的才气和勤奋外，在很大程度上，得益于她生活的这片土地给予她的馈赠。呈贡素有“花灯之乡”“滇戏窝子”之美誉，杨红仙就是在这样的窝子里泡大的，身上浸透了这种地方文化因素，她不但能写，而且能唱，字正腔圆，深得花灯滇戏之神韵，呈贡这片她生于斯、长于斯的土地给了她源源不断的创作灵感。

《行走呈贡》是杨红仙的一部随笔散文集，集子里所收集的都是杨红仙采集的家乡呈贡的一些生活场景和碎片：《母语的呼唤》《老土话里的市井生活》《梁王山上的野杜鹃》《张天虚与中国20世纪30年代话剧》《纸剪五彩梦》《大悲湾儿》《呈贡豌豆粉》，这些都是很有意思的篇章。乍看，是一锅驳杂纷乱的大杂烩，五彩缤纷，呈贡的方方面面都涉及了，从土得掉渣的方言俚语、小吃特产，到大大小小的人物、事件，几乎都一网打尽了。品尝起来，意味无穷，你不得不拍案叫绝。可见，杨红仙是个生活中的有心人，平时看起来大大咧咧，却心细如发，把那些文字中最要害的东西都给我们呈现了出来。

《老土话里的市井生活》讲了一个非常有趣的故事。郎家营赵家山村的许囡终于得进城了，奶奶赶紧过来叮嘱：进了城，千万要警醒些，小心那些换眼珠的城里人。八九岁的姑娘得进城，兴奋得头天晚上就没睡，哪里顾得听奶奶的唠叨，带着几十个鸡蛋跟着隔壁要去城里走亲戚的邻居就出门了。

到了城里的街子上，邻居走了，小姑娘的兴奋劲儿早被枯燥而漫长的跋涉整没了。把鸡蛋放到脚跟前，看着来来往往的陌生人，想想奶奶说的提防那些换眼珠子的，不由得有些害怕。正在这时，几个操着城里话的、衣着光鲜的人走过来，小姑娘想，一定是奶奶说的换眼珠子的，许囡赶紧转过身，铁铁（紧紧）地捂住自己的眼睛，连声大叫：毛（别）换我眼珠，毛（别）换我眼珠……

结果，肯定是鸡蛋没了。

呈贡一带方言土语很多，作者用了九篇文章，罗列了这种语言现象，丰富而生动，这是很好的。我们知道，随着全球一体化的到来，很多地方性很强的语言会飞快地消失，地方性的语言的弊病就在于妨碍了广泛的交流，就像郎家营这个小姑娘一样，她都不理解自己奶奶所说的“换眼珠子”，就是障眼法的意思。可是，这些方言土语对于我们实在太重要了，有的承载着一段历史，有的与人们的生存环境紧密相关。比如解手，这一词所以保留并沿用至今，就与汉族民众从内地充军到云南的这一段沉重的历史有关，当时为了防止逃跑，充军者的双手都是被捆绑着的，到了急着要大小便时，得先请求押送的士兵把自己的手解开。所以说，一种方言土语的消失，是一件非常遗憾的事，作者用自己的笔把它保留下来，可以说功德无量。

《梁王山上的野杜鹃》的这篇散文，写得朴实而又灵动，言之有物，有滋有味：

> 经霜雪后的枝干依然挺拔，枝头那挤挤挨挨的花朵，像一个粉粉的小喇叭，花蕊俏皮地从花心里探出头来，冲我们招了招手，我们便彻底在花海里沦落：头顶是花，腰间是花，脚边是花。每一朵花都饱含温室大棚里的花儿们所不具备的野性和热情。怒放，怒放，一片一片生命的激情，在饱经风霜后，浓烈得让人窒息。这是秀美的杜鹃花，更是可以让山野改变色彩的映——山——红！

有关杜鹃花的散文实在太多了，可是像杨红仙这样写的，还真是不多见，说它好，就在于作者是用自己体验到和感受到的东西来呈现的，色彩是她眼睛里的色彩，山水万物也是她观察想象到的，不是大众化的感受，更不是你我皆知。不论小说还是散文诗歌，都有一个叙述的秘密，就是不要把文字停下来，一定要让它像波浪一样有节奏地涌动起来，要不，文字就会凝滞不灵。

《张天虚与中国话剧20世纪30年代》一文，向我们道出了张天虚不为人知的一面。我们知道张天虚是呈贡龙街人，他和聂耳是志同道合、生死与共的好朋友，聂耳在日本鹄沼海滨溺水不幸身亡后，聂耳的骨灰就是他护送回上海的。他在抗战期间创作了一部70万字的长篇小说《铁轮》，郭沫若先生给予了很高的评价。可是，他还是一个对话剧有研究的人，对此我们并不知道。1939年10月，张天虚在昆明看了昆明儿童剧团上演的《小间谍》后，一面对孩子们的表演成熟感到高兴，一面却有些隐隐担忧。他指出，该剧用十岁左右的孩子，假装了一个大孩子的身份，让她的身上压着一般孩子所忍受不了的大孩子的重荷，这种往着非纯洁天真孩子的方向发展的畸形诱导，对她将来的成就会是一种罪过。

张天虚的这种善意的提醒，对于我们来说，有着振聋发聩的作用，这样的现象在今天的文坛，还依然存在，尤其是在儿童文学和与此相关的童谣和诗歌领域。我们应该清醒地意识到，让一些天真无邪的孩子，过早地卷入成年人浪荡的江湖和搏杀的疆场，并不是我们作家的功劳，而是一种造孽和罪过。

在《老鸹理窝》一文中，杨红仙向我们呈现了一个令人向往的稻香童年：大人们有忙不完的活儿，孩子们早就想着，在这堆乱稻草上翻腾出什么花样，绑个草把打仗，那是男孩子才喜欢的游戏，而且玩不了多久，就有人哭着喊着，不是摔跟头，就是打着仗，变成真正的打架了。

可惜，那些头发上挂拉着草屑，衣袋里放着稻穗的童年，离我们越来越远了，现代的孩子，只有通过书本和想象来弥补这种乡土里的时光，一种被犁耙划拉过的岁月，这肯定是一种遗憾和叹息。农耕文化，可是我们中国的一大特色啊。好在，我们有像《行走呈贡》一样的乡土之书，给我们提供了无限想象的天地和温馨的存在。

2021 年 12 月 27 日于呈贡滇池星城

序　二

吴　然

杨红仙把近年陆续写的有关呈贡的散文随笔，集成厚厚的一本《行走呈贡》交给我，要我写个短序。尽管我没有推辞，但还是因为精力所限，到今天才陆续看完书稿，排除杂务，静心写点读后感，聊以为序。

印象里，红仙热情洋溢，能歌善舞，颇有文艺天赋。这和她出生在有“花灯之乡”“滇戏窝子”之称的呈贡有关，更得益于她曾考入云南艺术学院戏剧文学专业深造，深受导师吴卫民先生关爱和栽培，所谓“名师出高徒”是也。吴卫民先生曾为她收有花灯小戏、花灯歌舞、曲艺、小品、微电影等的《已过时光》一书深情作序。序文中的许多细节，让我对学得扎实也“活得扎实”的红仙有了更多的了解和感动。

不过，可能因为我最初接触红仙的作品是诗歌，我一直认为她的气质里有诗的“因子”。这本分为五章的《行走呈贡》，每一章都以诗为引子，故而她的“行走”，或可以说是故乡呈贡“诗意”的行走。那天，我曾经一边翻阅，一边把我对这些文字的喜爱，以短信发给红仙，和她交流——

喜欢你的作品。从你的作品中看到了你，也认识了你。同时还看到许多不认识的你的“诗和远方”，

尽管你写的只是生你养你的呈贡。而正是这一点，成就了你。(5 月 5 日)

你的文字，颗是颗，粒是粒的，梁王山的风和滇池的浪浸染的呈贡，因你的花灯小戏，和这本书中的文字而鲜活起来，丰润起来。(5 月 5 日)

我母亲说过“做什么要像什么”。我从小就觉得自己笨，所以，不敢去奢望什么，只是老老实实、踏踏实实地尽自己所能去做事。母亲教育我们勤劳，善良，要有敬畏之心，这是我受用一生的财富。（红仙回复）

这都体现在你的文字里和情怀中。我一直以为你大大咧咧，风风火火，你的文字反映出你细腻柔情的一面。比如《那些含情带意的老土话》。(5 月 5 日)

农村有句老话“人勤地不懒”。踏踏实实地，用农民对待土地的态度去做事，去写作，去做人：该播种时，就蓄满希望；该翻地时，就挥洒汗水；该除草时，就舍得剔除多余的杂草……只要天年顺遂，付出总会有收获。如果天不遂人愿，干旱或者洪涝，或者来了场倒春寒，那就放平心态，坚持，或者换个品种再播种。只要不自暴自弃，只要还在努力，我们总能遇到自己的丰年。(红仙回复)

浓郁的乡土味浸透你的文字并传达给读者。多少人也行走在呈贡，见惯不怪。你的“行走”沾着泥带着土，发掘了最呈贡的味道，诗意和朴素的美。(5 月 5 日)

……

当然，就整部书来说，也有的篇章还略感粗糙了一点，杂了一点，或者说直白了一点。呈贡这块土地无疑浸透了作者的爱和情意。作为文学的散文，讲究构思，讲究语言。如何用“颗是颗，粒是粒”的文字，把这种爱和情意动人地以自己的方式表现或者表达出来，还要下一番“凝神细想”的“自己的”工夫。作者在《写作的意义》一文中说得好：“文字写作是件劳心的事。”要多思考，勤动笔，捕捉到那些稍纵即逝的字、词、句，立即将其按在纸上！相信作者不会停止行走的脚步，并因此写出更多更好的不同体裁、题材的作品。我和朋友们都期待着！

2021 年 5 月 15 日于大观河畔

目　　录

第一章　母语的呼唤

第二章　梦里的村庄

第三章　人间烟火

第四章　山野的回声

第五章　存　在

第一章　母语的呼唤

东经 103°
北纬 25°
冬无严寒　夏无酷暑
春天在这里
四时常驻
有一座芳香四溢的城市
美丽而富庶

芳香之城
有一个散发着泥土芬芳的古老名字
三万年前
土生土长的彝族先民
用颤音轻轻将她呼出
扯过　扯过
柴谷　柴谷

梁王山微微颔首
不错　　不错
这里的确能盛产稻谷
滇池水柔柔泛波
不错　　不错
我们的子孙将在这里繁衍生活

款款呈贡老土话

（呈贡方言系列之一）

我八十多岁的老母亲认不得哪样喊方言，她说她只会讲老土话，只听得懂“老土话”。其实老土话和方言就是一回事儿。当年的村子，没有电视，收音机也很少，普通话没有普及，村村寨寨讲古老的土话，老老小小讲祖辈流传的土话。

我给老土话的定义是：一个地方古老的、土生土长带着泥土芬芳的独特的语言。呈贡当地的“土著”为彝族，但呈贡人说上厕所解决问题是“解手”，大人们骂小孩儿玩得不着家，就说“克充勇军克啦?”这些方言又告诉我们，呈贡的部分人口是很久很久以前充军发配来的。当然，呈贡民间普遍流传的“我家是南京高石坎柳树湾的”，以及什么“中庄”“下庄”“庄子”，什么“王家营”“刘家营”“吴家营”等村名佐证，呈贡还有很大一部分人是明朝沐英征梁王时留下的。这就导致呈贡每个村子的祖先出处有可能都不一样。于是，哪怕是相邻的两个村，个别的字音也会有差别。

呈贡方言属于昆明方言的一个小分支。（谁叫咱们一直以来离老昆明这么近，现在又是新昆明的政治文化中心呢）昆明方言属西南官话云南片滇中小片，是在明朝初期，以江淮方言为基础，同时吸收了华北方言、江南省份方言以及当地世居少数民族语言而形成自己特色的汉语方言。各地方言一般是以人口占多数的某地区移民的方言为主体，此外，还受到地理环境、历史沿革、行政区划等因素的影响……（此处省略一本语言研究专著的文字）这些高深的问题，咱们留给语言学家去研究，咱们今天只讲呈贡老土话那些扎实的词语，以及那些好玩的故事。

大河口村离新村很近，走路也就几分钟的事。可两个村的话就是有区别！新村人说“油”时，发的是“悠”的音；而大河口人“油”的发音和方言“药”的发音是一模一样。20世纪六七十年代，全国上下如火如荼学习雷锋，是个真诚热情的时代。有个大河口人到新村供销社买油，售货员一听，极其热情地把他领到了医务室，慎重地交给杨医生，杨医生是个极其负责的医生，连忙又是量体温，又是听心跳。买油的一头雾水，买油还得体检？新村人真会玩儿。

老土话是口头交流用的，有些字你写不出来，用拼音还没法儿拼。比如有个使用频率很高的字，意思是没有，发音是“biu”的第三声①，类似于“不有”连在一块儿读。有些方言小戏的剧作者常用“冇”字代替。谦敬词“您”，呈贡人说“你机”……咱们连小学都没毕业的农村演员一演出，自然而然就读“biu”“你机”，观众听着舒服、顺耳。自恃文化高的，会说普通话的演员一定坚持正确的发音，那么这出戏就有点儿搞笑的味道：哪个演员所说的成了“马普”，观众们就会说他是“土狗学着洋狗叫”。

每个村的老土话都有一部分与众不同，自带“密码”。比

① 方言和方音，往往无法用标准语的字形和语音表达，为存其真，本书选用标准语中相近的字形和语音对方言和方音进行记录，特此说明。——作者注

如：高登人说“黑白”，永远是“活剥”，胆小的人听了，不由心头一凛：太残忍了！雨花人说“你家”，说的是“捏鸡”……就连最熟悉最亲切的父母称谓，各村都有小区别：大多数村子一般把父母称作爹妈，张口叫“爸爸妈妈”的，绝大多数是吃公家饭的城市人口；江尾村人将帅气英俊周周正正的父亲叫“歪爹”，明明漂亮温柔的母亲偏偏叫“歪嫫”；万溪冲人叫父母的时候是“爹挨、嫫挨”，跟别人介绍就说“窝爹窝嫫”，不知道淳朴善良的父母干吗要窝藏起来，难不成你要“咬”他们几嘴？

你在呈贡待的时间一长，一破译各村的语言密码，你就会发现，只要是土生土长的呈贡人，一张口，你就可以准确地听出他是哪个村的，口音不知不觉出卖了他们。

那些含情带意的老土话

（呈贡方言系列之二）

呈贡老土话很扎实，那些说一句顶几句的语言，比比皆是。人家轻飘飘扔下一句话，往往让你回味半天，然后在风中凌乱。

有一种无奈叫“抱石头舂天”

著名词曲作家和唱片制作人李宗盛写过一首表达无奈的歌曲《凡人歌》：你我皆凡人，生在人世间，终日奔波苦，一刻不得闲。既然不是仙，难免有杂念，道义放两旁，利字摆中间。多少男子汉，一怒为红颜，多少同林鸟，已成分飞燕。人生何其短，何必苦苦恋？爱人不见了，向谁去喊冤？问你何时曾看见，这世界为了人们改变。有了梦寐以求的容颜，是否就算是拥有春天？

呈贡人冷冷地，淡淡地吐出五个字“抱石头舂天”。天那么大，那么高，石头那么多，你有的是力气，那你尽管抱石头舂去嘛。用石头打水漂还会有点波纹，溅起点儿水花。抱石头舂天，你摸得着天，碰得到天吗？宇宙那么大，你的石头能飞几米？千万别想它为你疼痛或呐喊，说不定下落的石头还砸了自己的脚，或伤了旁边不该伤的人。

郁闷、憋屈、痛苦，根结在自己，最终还得自己消化。找个人聊聊，灌点儿心灵鸡汤，去健身房出一身汗，跑个马拉松……反正别一天后悔，一天懊恼：很多事，既然要发生，你也阻挡不了；当你已经尽力，却解决不了，那就别放在心上。万一咱们吃饱了没事，还一天到晚过得憋屈郁闷，实实在在是自己跟自己过不去，那就搬块狗头大的石头，找个无人的地方，朝着天空扔你的石头，舂你的天吧。

有一种不屑叫“眼角都不梭梭”

眼睛是心灵的窗户。在传情达意的功能上，眼神与语言不分伯仲。一些时候，眼神的杀伤力还更胜一筹。往往，那无声的一个眼神，胜过千言万语。

呈贡老土话“眼角（ge）都不梭梭”表面上说的是看得专心致志，目不斜视。但这个词语铺垫了波涛暗涌的背景后，那份淡然背后的不屑、轻视、不理不睬、视若无睹、冷漠麻木，直接让你瞬间石化。

夫妻俩吵架，一个怒火冲天、河东狮吼、痛不欲生……霸气了，厉害了！泼辣了！恶出万道霞光了！另一个波澜不惊，一语不发，不闻不问，视你为空气，“眼角（ge）都不梭梭”，无声胜有声，冷漠入骨，谁更霸气？这时，所有的那些声效、表情统统败下阵去，被一剑封喉！如果遇到对方“眼角都不梭梭”，您还是消消气儿，算了吧，歇着吧，养好身体离婚吧，这婚姻已经到头了。

电影《刘三姐》里有个桥段：财主老爷莫怀仁给刘三姐搬来绫罗绸缎、珍珠玛瑙、山珍海味，可刘三姐“眼角（ge）都不梭梭”，此际，纵使我们莫老爷富甲一方，权倾一方，除了暴跳如雷，连杀人的心都有了，可又能怎样？

在教室里，老师滔滔不绝，传道授业解惑，如果学生“眼角（ge）都不梭梭”，那么这课绝对是失败的；对待公共财物，行贿财物，“眼角（ge）都不梭梭”，这人绝对是清廉的；如果哪一天，你对我“眼角（ge）都不梭梭”，那么我绝对是很受伤的。

有一种热情叫“假袖都曳脱掉”

呈贡老一辈农村妇女的打扮一般都是：绾“高髻儿”，顶“蓝氏布帕帕”，戴缀着玉石十八罗汉的头箍，穿直领、斜襟、布扣的大襟衫，衫外套一件灯草绒或绸缎的褂褂，系绣花围腰。在那个缺衣少食的年代，面子是不能少的。而面子跟衣着光鲜与否有直接关系：人靠衣装马靠鞍。虽说是“笑脏不笑烂”，其实有人也还是会“狗眼看人低”的。

在那个缺衣少食的年代，爱美的、聪明的、心灵手巧的呈贡妇女们盯着破旧不堪的衣服，捏捏瘪瘪的口袋，看看厚实的褂褂，立刻有了办法：有褂褂的遮挡，衣服其实只能露出袖子和衣领，换了它们，衣服不就像穿了新的一样？谁还能“半盘儿”地拉着你，非要看看那破旧不堪的“里子”。只要遮住羞人的“里子”，就能挽回至关重要的“面子”，做双袖子做个衣领能用多大点布料呀！用点儿零零碎碎的布头就在视觉上让人感觉穿了新衣服，着实划算。于是假袖、假领应运而生。

那时，车马很慢，人很实诚。家里来客了，恨不能把心掏出来招待。待得客人要走，万分不舍，巴不得人家从此住下。客人拔腿要走，主人一把拽住手膀子往回拖。客人执意要走，主人坚决要留。两人你拉我扯，情深意浓，但那换了无数次假袖假领的衣服里子早就破得承受不起了，“刺啦”，袖子与衣服果断地脱离。

主人热情的手里握着客人一只无辜的袖子，猜不出那是尴尬，还是感动。

老土话里的市井生活

（呈贡方言系列之三）

在中华人民共和国成立前，呈贡山区的群众进趟城不容易。几十里路全靠脚走，肩上、背上还要挑点儿、背点儿瓜果梨桃，或者鸡蛋小菜之类。因为种种原因，有的人一辈子都没走出大山、进过城。所以，每个人进城去，都是兴奋而自豪的。

郎家营赵家山村的许囡终于得进城了！奶奶赶紧过去叮嘱：进了城，千万要警醒些，小心那些换眼睛珠的城里人。八九岁的小姑娘得进城，兴奋得头天晚上就没睡，哪里顾得听奶奶唠叨，背着几十个鸡蛋跟着隔壁要去城里走亲戚的邻居就出门了。

到得城里街子上，邻居走了，小姑娘的兴奋劲儿被几个小时的长途跋涉早整没了。把鸡蛋放在脚跟前，看着来来往往的陌生人，想想奶奶说的要提防那些换眼睛珠的，不由得有些害怕。正在这时，几个操着城里话的、衣着光鲜的人走了过来。一定是奶奶说的换眼睛珠的！许囡赶紧转过身，铁铁（紧紧）地捂住自己的眼睛：毛（别）换我的眼睛珠，毛（别）换我的眼睛珠……

故事的结局，大家都猜得到，几十个鸡蛋全没了。家里人再也不让许囡进城去了。

凤莲讲这个故事的时候，我极力在思索，在日常交谈中，究竟有多久没听到“换眼睛珠”这个词语了。这个本义形容那些手脚太利索，行动快得让人看不清楚，像变戏法一样，快到让你怀疑自己的眼睛所见的词语，似乎真的很久没听到过了。而且，许囡那个时代就应该很少用了，不然，许囡不会误以为人家要挖她的眼睛，而丢了鸡蛋。

语言，不用不用，是会遗失的。这让我又想起了一个语言引起误会的小故事：

一个卖甜白酒（醪糟）的、一个卖鸡蛋的、一个卖松毛绕的，三个人的摊子摆在了一起。生意有些冷清。卖甜白酒的有一搭没一搭地吆喝着：甜—白—酒！甜—白—酒！卖鸡蛋的一听，也有气无力地跟着吆喝：蛋！蛋嘞！卖松毛绕的一听，不甘示弱，扯着大嗓门：松毛绕！松毛绕！没吆喝多久，几个人打起来了。为什么呢？这吆喝单个儿看，没任何问题，可连起来，再加上老土话各村存在的口音差异，这吆喝就变成了：甜白酒！淡！送，莫要！人家好端端、甜蜜蜜一盆甜白酒，凭什么就变成“淡”的，还“白送”都“莫要”？这是猴子派来搅局的吗？不打你才怪！

说起松毛绕，“八〇后”以后的孩子应该大多没见过。这是用松树的叶子——松针，用力扭成手腕粗细的绳子一样的东西，一般用手扭，也有用个木制的小工具扭的。城里人买了去引火用。那时做饭大多是女人的事，锅头灶脑、针头线脑、田头地脑是衡量一个女人是否能干的标准，而“奸、馋、嗜、懒、怂、毒、万恶”这八个字，则意味着一个人已经不可救药。

这些市井生活已渐行渐远。现代化电器、燃气让我们的生活越来越便捷。松毛绕消失了，卖甜米酒的也不扯着嗓子叫了。但有句话还在使用，那就是“恶呢扯闪，恶出万道霞光”！

这一方言是市井间对于一个泼辣彪悍的女子的形容。“七〇后”以前的人们对这样的一个画面应该不会陌生：一个妇人双手叉腰，跳得有小梨树高，扯直老板筋，河东狮吼，就是“恶呢扯闪，恶出万道霞光”！将一个人的行为跟闪电扯在一起，那是恶出天际，彪悍出天威了！而那万道霞光，可以让所有的一切黯然失色，可以让你睁不开眼睛，瞬间低头！这是什么修辞手法？彪悍得自带声、光、电特效，这是逆天的节奏啊！不得小鸟鸟（不得了）啦！

哪样喊“呕吼”

（呈贡方言系列之四）

假巴有一日，呈贡的老土话就仿这份儿“呕吼”掉了，你哥机咯会大喊八叫呢嚎声“呕吼”？问你机，哪样喊“呕吼”？

“呕吼”，你一定着这句老土话整“呕吼”掉了。这句呈贡老土话用普通话说出来，就是：如果有一天，呈贡方言消失了，你会不会一声叹息，遗憾！下面，就让我给你解释什么叫“呕吼”。

呕吼放在一句话的开头，是一个感叹词，它与后面句子的其余成分没有语法方面的联系，用来表示一种遗憾、悔恨、难受、可惜、痛惜等的感情。比如：呕吼，钱都打水漂去了；呕吼，女朋友黄的喽，你抱石头舂天克嘛；呕吼，你这双眼睛算是彻底废的啦。

呕吼还有另外一种用法，放在一句话的结尾，作动词用，表示隐晦含蓄的死亡、遗失、终结、黄了等意思。比如：开车么小心点儿，你小心呕吼（死亡）的。唉，那大台事情就仿这份呕吼（黄了）的了。你倒是莫惹我嘎，小心老子给你呕吼（收拾）的。

呕吼算是呈贡老土话里比较有代表性的一个感叹词。呈贡方言里的感叹词还有很多，比如：

“不丹子”“不丹子拉花”，表示同情、怜悯、难受，可能后面跟着的事有些悲摧，有些可怜。例如：不丹子拉花，这个小娃娃如麻（可怜）不得啦。不丹子，汶川地震死了那些些人。

“不丹子”“不丹子拉花”还可表示一种惊奇，一种崇拜，一种感慨。例句：不丹子，这个高高呢山，你都跑得下来！不丹子，佩服挨机（人家）工程师了，这个大呢架飞机都可以整了飞的天上克！

“嫫呀”“阿嫫呀”“阿莫约”，表示一种善意的批评、抱怨等。例句：阿嫫呀，日头落山都出不去这道门！毛磨啦，你机快点儿嘛。嫫呀，这个人咋个那个肿得（这人怎么那么能吃）。

“唛唛三三”，表示一种赞美、羡慕、欣赏。例句：唛唛三三，这个姑娘太俏了！唛唛三三，生意好了不得得呢。

“啊赖”的意思相当于哎呀，表示说话时惊讶、喜悦等。与呈贡方言“唛唛”表达的语气相似。例句：啊赖，整得成了。

呕吼，写到这点儿么，我也想不出还有些哪样好玩的感叹词了。这个呈贡呢老土话还是有玩场呢，你机（家）们有时间也可以想想，有我忘记呢，说冒的（遗漏）呢，就挨我款款。嘿嘿。

我用语言杀死你

（呈贡方言系列之五）

现代人真的幸福。我们有无数可以打发日子的方式，有无数与人交流沟通的方式，有浩如烟海的经典名篇，也有无数的心灵鸡汤。电视、手机、广场舞、卡拉OK、旅游……每个人都受过教育，每个人都丰富多彩。反观古人，由于受交通及通信等限制，活动空间很小，生活除了劳作，似乎只有睡觉了。人与人之间相处久了，总会有矛盾，而矛盾如果没有发泄渠道的话，就只有憋着。所以古人虽然有传说中活了八百岁的彭祖，但平均寿命不是太长：夏商时期18岁；周、秦大约20岁；汉代22岁；唐代27岁；宋代30岁；清代33岁；民国时期约35岁。从社会层面讲有战争、自然灾害、医疗保障等方面的原因，从个体方面讲有营养、遗传等方面的原因，主观方面还应该有心理方面的原因，因为狭小的交往空间，你只能憋屈郁闷，时间长了，也是能憋死人的。

但不是每个人都憋着。有人憋不住，就将精力、聪明才智用在骂大街上，所以，老土话里，骂人的词语是最多的，而且相当扎实。比如说一个人闲游浪荡，无所事事，村里的老人会满脸鄙视地呸上一口：一日在那点儿游尸显魂。“游尸显魂”这四个字扎实吧：你游吧，荡吧，只不过是一具行尸走肉而已。

农耕时代，男权社会，女性地位很低。男人们可以三妻四妾，可以夫为妻纲。男人们有社会交往，掌握经济大权，力量也比女人强大，还可以吃喝嫖赌，可以瞧媳妇不顺眼，动手就打。但妇女们必须三从四德，伺候好一家老小，低眉顺眼，被压迫之后只能骂！

对女人的骂，一般就说“小柴柴”“烂丫叉”。恨意升级，就会扯上性和生殖器官，比如“千人骑万人×的”“老挨牛×的”。也会与人品挂钩，如“小骚货”“小烂屎”等。

对男人的骂，除了“杂种”之外，其余的就有了极其浓重的血腥味：“小砍头”“小挝（zhuɑ）头”“砍秋头”“老挨砍”“老挨挝（zhuɑ）”“砍脑壳”“挨千刀”……可以说真是刀刀见血，字字毙命。似乎只有这样子，才能让心中的恶气怨气，一泻千里，畅快淋漓。

那时候，一个母亲往往要带一堆孩子。劳碌之余，小孩淘气，那真是崩溃。骂孩子“死包”“豺狗抬呢”“老鸹挝呢”“豺狗吃剩的“这些词语，透着一种对生活的绝望。那时穷人家的孩子活下来不易，鲁迅先生的小说《祝福》里，祥林嫂的孩子就是被狼叼走的。呈贡人不叫狼，叫豺狗。老人们说豺狗叼住孩子是不会松口的，即使侥幸救回捡了条命，也是缺胳膊少腿的。所以骂小孩子“豺狗吃剩的”不是什么好话，而骂小孩“死包”则过份了，因为新中国成立前，穷人家夭折的小生命往往是用草席一卷，包起来挂在树杈上或塞进老梨树的树洞里，连坑都不挖给一个的。

叫人烦心的还有婆媳关系。以前没有小区房。往往是一间破屋就住了一家人。一个屋檐下，房子把身子容下，心却不见得能和谐相处。那些骂老人的话“罄万寿”“胀棺材”“滂不掉”“臭不掉呢”，一张口，也知道是恨得咬牙切齿的了。

烦心的事儿这么多，心情自然郁闷，就连吃个饭、睡个觉都觉得闹心：睡觉被骂成“停丧”“秋（熏）棺材”（死了的人，要择吉日下葬，如果没有合适的日子，就要点燃一些皂角、扁柏、檀香等植物香料，除秽；同时掩盖一下死尸的臭味。）吃饭被骂成“倒脖子”（一般脖子一倒，就死了）、“胀干饭”、“憨撑烂胀”；哭叫作“嚎丧”“嚎大头丧”。滚开叫作“死远蝶儿”；不高兴叫作“丧头尸脸”；沉重叫作“滂尸烂重”；不通世故叫“死头干僵”；无精打采叫“死眯羊眼”……

总而言之，干不过你，老子用语言杀死你！阿 Q 精神在骂大街上体现得淋漓尽致。

与网络语言对撞的老土话

（呈贡方言系列之六）

百度搜索“作”（zuo）：不作死就不会死（No zuo no die）是网络流行语，意为没事找事，结果倒霉，目前广泛流行于各大社区、论坛甚至主流媒体。

呈贡人无比傲骄地告诉你，呈贡老土话里老早八早就有这个词啦。不但有这个词，而且“作得狠”，连歇后语都有：茴香腌腌菜——邪作。茴香顺气、芳香，口感回甘，是呈贡人喜欢的一种蔬菜。当年没有冰箱，也没有大棚蔬菜。农村妇女们想方设法在食物充足的时候储备冬天到来年开春时节的物资。做咸菜和将食物氽水后晒干是保存蔬菜的两种常用方法。广受欢迎的茴香在腌腌菜的时候，却“狗戴帽不识人抬举”，酸涩得让你没法儿下咽。所以腌腌菜有腌豇豆、莲花白、竹笋、花菜、辣椒、萝卜、大蒜、青菜、白菜的……就是没有腌茴香的。你优秀又如何？你作，就让你歇菜。

另一个很红、很常用的网络用语“二”，在呈贡的老土话里你也是会经常碰到。如果说一个人有些傻气，做事儿不太靠谱，就说“二气”“二气坨坨”；一件事情很扯，有些蹊跷，有点古怪，就说“二四的起”；说一个人胡搅蛮缠、瞎胡闹，就说“二五裹搅”。“二”这个词语，如果用于陌生人的身上，一般都是带着点贬义。但如果说一个自己很熟悉的人“二呵八倒”，并不含贬义，而是说这个人乐乐呵呵，没有心机。说

“你这个人二气啦”，有可能是说你还不够成熟，也有可能是说你太客气了，或者是表示对你的行为很无语。

水货这个词语前几年随着赵本山的一个小品走红。它通常是指通过水路走私的货物，泛指通过非正常途径进出口的货物，也指山寨产品、劣质产品，用来形容一个人时，是指这个人不靠谱。呈贡当年可没有水货手机，山寨盗版，生活用品全是自家原创，但不靠谱的人和事儿还是有的。爽约，让别人“老普普”地一直干等，这叫“支水车”；撒谎叫“水人”；被骗了叫“挨水的啦”；一件事情附加的无关紧要的东西过多，叫“水乍乍呢”；一件物品连汤带水打包给你，叫“汤滴水涝”，或“水沥勒呢”。

还有比较流行的“屌丝”，呈贡方言里也说“屌”，“你屌得很”的意思是调皮捣蛋得很，“神头二武”得很。呈贡人嘴里的“骚丁丁”不是网络语言的“丁丁”，而是脸上的青春痘。“野叉叉”也不同于“野××”，是形容一个人没礼貌，目无尊长。

呈贡方言就这样随着科技的发展、网络的普及、网络文化的方兴未艾，与热门网络语言撞到了一起。这种对撞，在让人感觉亲切熟悉的同时，又让人有一种预感，说不定在不久的将来，呈贡的老土话还会有不少词语，因为形象、生动、独特而在网络走红。比如：形容一个人得意、有点小拽、又有点可爱的“神抖抖”；形容有点作、有点屌、有点不可思议的“雀神怪鸟”；形容有点二得出格或出乎意料的“仙得很”；形容一个人爱表现的“老孔雀”“孔雀开屏自作多情”等等，已经不时地能在网络上瞟着几眼了。

在这个多元的、开放的、包容的时代，随着对传统文化的重视推广，随着云南、昆明、呈贡影响力的不断扩大，相信会有新的语言不断产生，而我们的方言也会有所扩散，也会去与其他语言融合。

自己简单地将脑海中的呈贡方言进行整理，难免挂一漏万，也难免班门弄斧、贻笑大方。但求读者淡然一笑而过时，记住我们的老土话，记住我们的乡愁。

跑趟

（呈贡方言系列之七）

你咯还会说“跑趟”这个词语？你小时候咯“跑趟”过？农村“作”得呢小娃娃，一般都是“碎糟糟”（调皮捣蛋）呢。大人被“逗资”（惹火）了，少不了给他顿“擀面”吃吃（用棍子打一顿）。娃娃才不憨，一斗趟就撒（使劲跑），分分钟就跑了只有个燕儿大（跑远了）。跑个半把日，甚至日把，他哥机（他）又“跳脚啰嗦”（开心地，活蹦乱跳地）回来了。这个就叫作“跑趟”，说得通俗点，就是短时间的离家出走。

我小时候很乖，很“有知识”（懂事），很“扒家”（顾家），很辣燥（能干），哪样农活都会，一点儿也不“作得”，一点儿也不“碎糟糟”，不过么，哪个娃娃不伤精神，我这份儿“犟糟瘟”（犟脾气），不脓不血呢，伤起精神来，要给你喊“小祖公”。挨机（人家）说“犟人呢头有九斤半”，我呢头改（呀），“母估屯儿”（估计）算算，怕有十斤重。而且，有个“拿命”呢“皮条儿”（毛病）：狗吃呢记性（忘性大）。

我一岁的时候，我机（家）要盖房子，就挨我送克干妈机。干妈住的昆明城，从来不打我，给我吃蛮蛮（米饭），给我吃肉嘎嘎（肉），挨我打扮了洋豁豁呢（洋气），最管火（关键）呢是，她从来不打我。等我三岁的时候，我机呢房子盖起了，我就挨接了回来。回来不得多哈，我就第一次吃了“擀面”（被大人用棍子抽打）。那是个腊月间，生产队分了些芋头

（洋芋），妈妈捡了一提箩儿（篮子），让八岁的哥哥领着我去二孃（妈妈的妹妹）机送洋芋。为哪样带着我咻？家首冇得人领（带）我。

小滴滴呢我，望着大岛岛（很大）呢一提箩芋头，屁颠儿屁颠儿呢尾（跟）着我哥哥。我家呈贡腊月间也很热豁（温暖），日头热碰碰（热辣辣）呢挂的天上。哥哥使力八气呢逄（pang，运输）着这提箩洋芋，一哈哈（一会儿）就油滴汗淌呢。我们走一哈歇个稍儿（走一会儿歇一歇），走一哈歇个稍儿，玩的玩的呢走。走到二孃家，我们就住个两三日才回来。

不丹子拉花呢，太阳还不落山，我们两个小唛唛（小娃娃）鞥是（硬是）逄到了七八里外呢乌龙浦村！啊嫫呀！村子盖起了几所新房子，哥哥找不着二孃机（家）在哪点儿了。我们搭个晕头羊尚呢（像只晕头羊一样），东戳戳，西出出（东走走，西转转），咋个也探不着门路。也不敢问人，一来我们认不得二孃呢名字，二来又怕逗着背娃娃呢（人贩子）挨我们背的克掉（背走了）。

背秋时啦（倒霉，坏了）！日头落山啦，天嘛乌黑啦，小唛唛要回家家啦。哥哥挨我揩揩鼻子眼泪，逄着那箩芋头，牵着我往回走。

月亮出来啦，霜白花花呢，老悲兀“灰唔灰唔”呢叫的。我不敢哭也不敢叫，铁铁（紧紧）呢抓着哥哥呢手，一脚踢着个石头，掼了个“狗吃屎”，哥哥也挨我绊倒的，芋头滚了一地。哥哥爬起来，扶起我，拿他乍冰冰（冰冷）呢手挨我擤鼻子，又拿袖子挨我揩揩（擦擦）眼泪。

“哥哥，我脚疼。我眼睛涩（困，想睡）。我 nia 的我哥哥，我咋咯说都不走了。”哥哥望望我，作了个我一辈子忘不记的决断（决定）。他叫我吼（瞄，瞅）好的，四团四转毛（莫）有人，他忙的捡起芋头，提起提箩跑到一股老革（一条田埂）边。他挨提箩摆在田埂下，抱了些石头挨它们埋起来，埋得就搭仿（像）是一堆石头。然后拍拍身上的灰，背起我就走。

我一哈哈就在哥哥脊背上睡了搭仿个死猪尚呢（像死猪一样）。朦胧董拢（迷迷糊糊）呢，就听妈妈在鬼喊辣叫呢：这个大呢人啦，做事活摇活甩（不靠谱，不稳当）呢！一日只会倒脖子！满满一提箩洋芋，是你妈一个个从嘴首扣出来呢，你挨它就呕吼的，我咋个生着这份无义种（无情无义）！妈妈手里拿着竹枝儿，一边咒，一边往哥哥身上打。哥哥是为了背我才被打的。我梦头塞耳（迷迷糊糊）呢从床上爬起来，冲过去，铁铁呢逮（抓住）的妈妈呢手。妈妈很资（生气）：你挨我滚远些！再不滚，连你一起打！

我不滚，妈妈不该打哥哥，我就是个犟糟瘟。结果，我就得吃“擀面”啦。妈妈真的是鬼火冒齐顶明心（头顶）细竹枝抽得生疼！我卯疑的（怀疑）我妈是个老晚妈（后妈）。我扒心扒肝呢想昆明城首那俏朵朵板挣挣（周正）柔声细语的干妈。

第二回吃“擀面”，是我不小心挨碗打烂掉，碗以首（里面）还装的个黑恰恰（黑漆漆）的毛面粑粑（麦饼），妈妈叫我拾起来，吹吹灰吃掉。我不吃！我干妈说过，掉的地上的东西有细菌，不能吃，何况黑粑粑不得蛮蛮好吃，不得嘎嘎好吃，我不吃，我就不吃！

我妈鬼火绿了一头一头呢，揪的耳朵挨我提到桌子边，小鞭格（细竹棍）就抽过来。我疼得蹿了有小梨树高，一头子（立刻）就嚎了起来。“你咯抛撒（浪费）呢?”妈妈边打，边恶姿癞嗓（恶狠狠）地问我。“我冇抛撒！”“你还嘴犟！”妈妈又是几鞭格。姐妹们都心疼我，让我给妈妈告饶：“赶紧说我不敢了！”我不说，我就是不说！

妈妈本来只是想唬唬我，让我毛抛撒，哪匡之（结果）逗着个死头干僵的犟糟瘟，挨她日鼓日鼓呢（不识时务，对着干），鬼火一绿，打呢更使劲儿。大姐、二姐、三姐嘀里嘟噜（陆陆续续）跪在了地上，两岁的小妹子也过来抱着妈妈呢大胯。一家人哭眯拉苏呢。“你们仿这份抛撒么，二日咋个过日子！”妈妈抹了把眼泪，挨鞭格砸的地下。雷公公还不打吃饭人。老晚妈！

那日白日机（白天，中午），他们都做活计克，我独自个走出村子，去找我干妈。干妈机在昆明城首，远得很，我也找不着咋个走。不过么，我就是不想回家。我就在村子边边打散现（游荡）。日头落山了，肚子饿了。田首长满的蚕豆、麦子、油菜，比我还高。青蚕豆莽个莽个呢（胖胖的），鼓臻臻（饱满）呢。我钻进豆棵首扯（摘）的蚕豆吃，吃的吃的就睡着了。

咋个找着我呢，我认不得啦。反正这顿“擀面”吃呢辣得很。因为我跑趟，全家伤精费神去找我，还要挨蚕豆的主人赔礼道歉，姊妹几个也不得人挨我求情了。

第三回“擀面”，不吃成。那阵些我有五岁了。谷子低头，我去赶谷雀。田边的小河首有鱼。拿鱼摸虾我最喜欢了。结果在小河首逄（折腾）到晚，鱼倒是逮得一捧，鞋（hai）子却找不着了。挨鱼拿藕叶包着，赤着脚，回到家旁边，“老晚妈”将好（刚好）在烧火煮饭。不敢进家，也不敢克哪点儿，只好钻到隔壁大嫫机（大妈家）山脊儿（山墙）脚底的小板车车盘底下躲着。我捧着我逮的鱼，蚊子叮，忍着；肚子饿，还是忍着。

天黑了，饭熟了，我闻见我最喜欢的葱花渎（介于水煮、焖烧之间的一种烹饪方法）洋芋的味道，口水沥沥勒勒呢。在田地首做活计的爹爹、哥哥、三个姐姐也回来了。小妹子去了亲戚家。“喜囡呢，喜囡呢?”没人给妈妈答复。这个时候，我咦的（觉得）好玩，嘴资嘴资呢（开心）呢想笑。给你试试，省得你一日打我！

她急蓬蓬（急忙）出门，后首尾着哥哥还有三个姐姐。“分头克找，赶紧！”她扎咐（叮嘱）的，一面扯直脖子喊——“喜囡耶，我机喜囡耶！你机们哪个见着我机喜囡啦?”她的嗓门扎实大，搭仿拉响了警报。这警报从村头响到村尾，转了一圈回来的时候，从脆生生变得沙脖沙哑，从火冒三丈变成扒的望的（期盼）。

我爹毛赶（估计）是累病了，冇出克。一听妈妈说我不找着，也急了：“赶紧抬着大竹竿克井首、河首捞捞试试，万一掉以首（里面）咋个整?”我爹个子高，抬棵竹竿不成问题，她个子小，又急，竹竿抬呢跟楞绊倒。我爹说抬一棵就够了，让她放着，让她去找手电筒。她赶紧撒（跑）去楼上，只听见“叮铃当啷”的一声，我的心疼了一下：她绝对是滚楼梯头儿了（从楼上摔下）！不多哈（不一会儿），她拄着磕膝头（膝盖）背乍背乍（一跛一跛）走到门口，大声问：“喜囡机爹，井首咯在?”

那眼老井离我机不远，我爹闷声闷气呢应声：“冇找着！”她一下子就梭倒在地上，麻脚麻手呢喊着：“喜囡耶，我呢喜囡耶，你在哪点儿？你赶忙回来嘛！我呢喜囡耶！”她沙脖沙哑的哭声搭仿梗着她呢脖子，也梗着我呢脖子。我很难受，我也忍不住哭了起来："妈妈耶，嗯嗯，妈妈耶，嗯嗯……"

她铁铁呢搂着从小板车底盘儿下钻出来的我，卯疑的（生怕）一松手，我就又跑趟了。

从那点儿（那时）起，我就冇跑过趟了。咋个说，她都是我亲亲呢妈妈。何况一日一日长大知事，也认得那些年农村生活艰苦，有点食物真葛（真的）不容易。我妈要养活一窝箩（一群）娃娃，就更难啦。

那些与众不同的形容

（呈贡方言系列之八）

昨天说了呈贡方言里骂人的词语，大家千万不要以为呈贡的古人只有抱怨，只会骂人，其实呈贡方言里，有意思的、有文学味道的词语很多。当然了，词语的意思要根据说话人的心情、说话时的语境氛围来定。

说到吃饭问题，呈贡老一辈的人心情不坏的时候，教育孩子吃饭，一般是说“一划金，二划银，三划四划花子形”。“划”的意思是扒拉的意思。吃饭时，吃一口扒拉一下，是金贵尊贵的样子；吃一口扒拉两下，那是正常吃饭的样子；吃一口扒拉三四下，那狼吞虎咽的样子跟个饿了几天没吃饭的叫花子就没什么区别了。整句话，有比喻，有对仗，韵脚工整，冇得包摊（没有指责、挑剔的余地）。

形容一个人忙，会说忙得皮塌嘴歪。“皮塌”是指脱皮了，“嘴歪”倒不是真的嘴歪，而是咧着嘴，或噘着嘴的样子。忙得脱了层皮，忙得嘴噘，这该有多忙？

一个人有远见、有谋略，呈贡人会说“攥拿好”；人精于算计叫作“攥得”；太过于钻营、财迷，就叫“钻头觅缝呢财迷老攥攥”；爱打小算盘的，叫“小攥攥”。

热得满头大汗不算什么，“油滴汗淌”比这个更过分。

恶心不叫恶心，叫“脓汁骸黛”，看看字面，脑补一下画面，不说恶心，却真恶心。

大大咧咧叫“大皮大胯”；叉开两腿坐或躺，叫“大碴四胯”；呈个大字睡下，那叫“长抻四脚”。我是没见过四条腿的人，估计是老辈人早就知道了达尔文的《进化论》——人是从猿猴进化来的，把手归入了脚的行列。

形容一件事没完没了用的是“沥沥勒勒”，你如果联想一下缠绵的秋雨，你就知道这个词的精妙——有形，有声。只不过秋雨是不大招农人们喜欢的，尤其是秋收大忙时节来一场绵绵不绝、“沥沥勒勒”的雨，那真是要命，一年的收成有可能就泡进水里了。所以，这个词并不是个褒义词。

心情郁闷，或某件事情比较窝心，那叫闷躁。由此引申出一个歇后语：灶门前放屁——闷灶（躁）。浑身病痛不舒服，一般就说：癞蛤蟆着牛踩着，浑身呢痼疾。捏着嗓子飙高音，那叫“着门夹着”。

形容伙食不好，那叫“清汤寡水”；形容一件事拖延，会说“拖拉疲沓”；形容身板硬朗，会说“硬（eng）峥”；形容脏乱差，会说“脏巴邋虱”“油脂抹奈”；形容温暖，要说“热豁”；新奇有趣，要说“怪里古董”；做人做事不靠谱、说话不顺畅那叫“根楞绊倒”；说话说不到点子上，叫半盘儿；爱讲闲话、盘是弄非叫“嘴碎”；讲话讲不明白、唠唠叨叨那叫“唔噜呗唻”……

唔噜呗唻这么半天，也不知道您听不听得明白，千万别嫌我半盘儿。

真情萌萌哒

（呈贡方言系列之九）

从人们嘴里吐出的方言是有温度的，有色彩的。在不同的心情、语言环境、人物性格、语调的高低、喜好与厌恶等等的因素影响下，同一个字、同一个词、同一句话，都有着不同的意思。对于方言，文字的表述是苍白的，有些语义只说了其一，其二其三以及其他的引申义，是要身临其境去听去想去领会才能明白的。

我一直没搞懂 nia 字怎么写。这个字一般都是两个连在一起使用，niania 有“嗲嗲”的软糯糯，甜腻腻的成分，但又不是嗲，它更多的是一种萌萌的，柔弱的、乖乖巧巧、稚嫩的感觉。小宝宝乖巧地挨喏喏擦痒痒地 nia 着妈妈，niania 地笑着，奶声奶气地 niania，那画面，想想都很温暖美好。

以 niania 为代表的一批词语，让呈贡老土话也萌萌哒。比如，叫小宝宝来吃饭是说：小狗狗，来吃蛮蛮啰。给小宝宝吃肉：喜狗耶，吃嘎嘎，油撸撸、香呼呼呢肉嘎嘎，赶喋儿吃（赶快吃）。呈贡的老人们总爱把小宝宝叫作“狗狗”，而且总要加个拖长了尾音的“耶”，让你一听就呆萌，一听就融化。这样称呼，一方面是认为小猫小狗容易养活，另一方面也含有一种聪明、伶俐、活泼、可爱的意思。

小宝宝胖乎乎的，称为“mang 嘟嘟”；小女孩叫“小囡囡”；小孩子玩游戏、过家家叫作“摆蛮咕嘟”；小宝宝睡觉觉叫做“睡喏喏”……妈妈或者奶奶，在春天背着宝宝去田野里，给孩子介绍大自然：乖狗狗耶，你瞧瞧，黄爽爽呢油菜花香撸撸呢，粉东东呢报春花俏朵朵呢。小鱼摆摆在划水，小马笃笃在吃草。羊咩咩，小羊咩咩，过来，过来挨我机喜狗玩玩……

孩子让整个世界像棉花糖一样甜蜜柔软。

但好景不长。俗话说，爱到三岁恨到老。小滴滴（形容小）呢娃娃慢慢成长，调皮也随着岁数的增长而叠加。对那些萌萌的孩子，舍不得打，就编谎话恐吓。一般常用的套路是：老豺狗来啦！老悲兀来啦！老毛人来啦！老豺狗大家都知道是吃人不吐骨头的狼。悲兀是老人们对猫头鹰的称呼，它长相不讨喜，叫声凄厉，夜深人静时总让人不寒而栗。老毛人就不知道是什么东西了，因为谁都没有见过。往往，老豺狗吓不着哭闹的孩子，老悲兀吓不住哭闹的孩子，但一听到“老毛人来了”，孩子们的哭声戛然而止，因为每个孩子都听过那个外表萌萌，却很恐怖的故事。

很久很久以前，呈贡松子园村，住着妈妈挨两个娃娃。妈妈要去外婆家，交代姐妹俩好好瞧着门，外人叫门，不问清楚，不准开。

妈妈路过山坡，被老毛人吃掉了。老毛人穿上妈妈的衣裳，等到天黑来喊门：“小囡囡耶，来开门。”“我妈去了外婆家，明日才回来。”“妈妈到了就转回，赶紧来开门。”“你挨手伸进来，我们瞧瞧才开门。”毛人挨手伸进门，黑恰恰（黑不溜秋）呢真吓人。“我妈手上冇得毛，你不是我妈，不能开开门。”老毛人挨毛拔光掉，又把手手伸进门。“我妈穿着板增增（工整漂亮）呢绣花鞋，你挨大脚伸进来。”毛人变了双绣花鞋，又挨大脚伸进来。“我妈下巴有颗团溜溜（圆滚滚）呢痣，你挨脑壳伸进来。”毛人整了个高粱壳在下巴上，又挨脑壳伸进来：“妈呢小囡囡，妈呢喜狗狗，妈的小乖乖，赶紧挨门开开。”

小囡赶紧开开门，老毛人贼眯乐豁逄（pǎng，急忙）进门。“小囡囡耶，搬个罐罐来给妈妈坐，妈妈抓了个小猫猫，赶紧放进罐罐首。”二囡搬来个大罐罐，老毛人赶紧挨尾巴藏在罐罐首，一屁股坐在罐口上。“小囡囡耶，洗洗小脚脚，哪个洗得白弄弄滑 tiǎ tiǎ（又白又光滑），哪个就挨妈妈睡嗒嗒。”

二囡憨楚楚，挨脚洗得白弄弄。大囡鬼灵精，始终不放心，抓把灶灰撒进脚盆首。老毛人等不得，抱着二囡睡嗒嗒。大囡不敢睡。半夜听见“克拓克拓”呢声音，就问：“妈妈，你机在请哪样?”“我在嚼脆嘣嘣呢炒豆。”“给我几颗吃吃嘛。”老毛人递过一个脚趾头。

大囡认得老毛人挨妹子吃掉了，嚇了打摆子（颤抖）。她要想个点子逃出克。她就说：“妈妈，我要屙粑粑。”

老毛人叫她屙在家首。

大囡说，她呢粑粑臭滂滂。

老毛人就让她出去。

外首（外面）黑漆吗咕咚（黑漆漆）呢，大囡抖凛壳颤（颤抖）呢，老豺狗呢眼睛珠发着绿光，老悲几扇着次板儿（翅膀），“灰唔，灰唔”呢嚎着。大囡克哪点也认不得，只有爬在一棵高高呢柿花树上。

天亮了，老毛人拿着二囡血糊沥拉的一截肠子去洗。大囡忍不住哭了起来。眼泪滴在老毛人身上，老毛人猴爪儿爪儿望的（紧紧盯着）大囡：“小囡囡耶，你爬那个高高整哪样?”

大囡说：“妈妈，柿花熟了。我想扯（摘）几个给你机（您）请（吃），最𤆵的几个柿花在树尖尖上，我够不着，你机挨火钳烧了红彤彤呢，绑在竹竿上递来给我，我夹几个𤆵呼呼的柿花给妈妈请请。”老毛人望着红彤彤的柿花口水都淌出来了。赶紧照做。

大囡接过来绑着火钳的竹竿，挨火钳朝着老毛人张开的大嘴使劲儿插下。老毛人鬼喊辣叫，一下下就挨烫死了。

大人们讲完这个流传了多少年也认不得呢故事，总不忘问一句：大囡咯辣燥（能干、有本事）？阿嫫呀，不丹子拉花呢，那些听故事的小娃娃早就被吓得三魂七魄飞到哪边天克啦。

魄（be）儿魄（be）儿，小狗狗耶，吓着么起来穿衣裳，吃蛮蛮啦！

呈贡民谚里的风风雨雨

我的父亲是农民，母亲是农民，老爹（爷爷）是农民，奶奶是农民，老祖（曾祖父）还是农民……祖祖辈辈脚踩一方土地，脸朝黄土背朝天，春种秋收，夏长冬藏，汗珠掉地摔八瓣，最终还得看老天赏不赏饭吃：如果这一年风调雨顺，汗水自然换得五谷丰登，丰衣足食；如果干旱或洪涝，那有可能颗粒无收、青黄不接。

风调雨顺、五谷丰登，这曾经是几千年来老百姓的希冀。可天大由天，阴晴旱涝，风雷雨电，那都是老天执掌的。苍天高高在上，凡夫俗子触之不及，唯有仰望。仰望苍穹，万物有灵：盘古开天、女娲造人、火神祝融、水神共工、风神风伯、雷神雷公……有人生出敬畏与谦恭，就有了祭祀与仪式；有人选择与天地对话，观天之道，执天之行，认识领悟宇宙的规律，不断总结生产、生活的经验，就有了口头的谚语，文字书写的书籍。

水，是农业生产离不了的存在。在曾经以农业生产为主的呈贡，民间气象谚语的主角，大多是“雨”。这些关于气象的民间谚语在数千年的生产生活中产生、提炼出来，它说理简洁、明白晓畅、便于传播，为人们的生产生活提供了很多有益的指导。

最为人熟知的关于“雨”的民谚就是“梁王山戴帽，大雨就要到”“梁王山系腰带，出门把笠帽戴”。梁王山作为滇中第一高峰，雄矗于呈贡东面。梁王山山顶有云，像给山顶戴上了帽子，那么就表示要下雨，而且是大雨；如果山顶上方天空蔚蓝，而山腰有云如腰带，则说明天气晴好，要戴个笠帽遮遮阳。

呈贡东有梁王山，西有滇池水，滇池水依偎西山睡美人，养育着呈贡儿女。于是又有谚语“西山披蓑衣，呈贡下大雨”。云雾层层叠叠，如同给西山睡美人披上了件蓑衣，不能不说这个比喻十分形象。一旦美人披上蓑衣，滇池沿岸的呈贡人也赶紧披蓑衣吧，雨就要来了。

云和雨的关系，离了山也同样存在。“云彩跑朝东，有雨变成风”“云彩跑朝南，有雨下不完”“云彩跑朝西，骑马披蓑衣”“云彩跑朝北，有雨下不得”“有勾云，雨淋淋”“天上出彩云，早烧阴晚烧晴”“天上瓦块云，无雨天气晴”“早上雾腾腾，晌午晒死人”“朝霞不出门，晚霞行千里”……云和雨相依相伴，难怪连唱歌都要唱《风中有朵雨做的云》。

云和雨的关系剪不断理还乱，风和雨也是关系非同一般：风雨交加、和风细雨、春风化雨，风风雨雨、风雨如晦……这些形容词自不必多说，呈贡的谚语却也是风雨无阻：“北风不下雨，下雨北风天就晴”“早上小东风，晌午头晒通”“黄风黑雨白雪钩”……

雨，给自然界带来了活力，是自然界的一部分，它灌溉农作物，滋养自然生灵，补充地表水量，动物、植物离不了雨，也和人类一样，关注着、感受着雨：“燕子低飞蛇过道，大雨马上就来到”“树上青蛙叫，大雨就要到”“泥鳅翻腾，雨下得成”“天气闷热蚊虫咬，明天大雨就来到”……

唐朝大诗人杜甫在《春夜喜雨》中这样写道：好雨知时节，当春乃发生。随风潜入夜，润物细无声。这是作者笔下的好雨。呈贡民谚中的雨，分四季，分长短，分大小，有情感，有好坏：

“四季无寒暑，一雨便成冬”，这是呈贡的雨的普遍性；

“天黄有雨，人黄有病”，雨也是有气色的；

“春寒有雨，夏寒晴”，呈贡的春雨带着寒气；

“秋雨不过街，淋死老奶奶”，呈贡的秋雨集中一片，急速、突然，小脚老奶奶跑不及时，自然被淋得彻底；

“重阳有雨一冬阴，立冬望雨是痴汉”，重阳节的雨是冬天阴晴的体现，而立冬之后，下雨就极少；

“早雨不过巳时”“大雨一阵过，小雨缠绵绵”，呈贡的雨也个性十足……

久旱无雨，急！“立夏不下雨，犁耙高挂起”，高挂犁耙的心情是无比焦灼的，因为一旦错过播种时节，就有可能颗粒无收！可偏偏“天干扯旱闪，农夫腰气弯”！干打雷扯闪不下雨，满心期盼全落空，不气才怪！

天天下雨，心情也好不到哪儿去。“初一下雨初三晴，初三下雨久不晴”“烟囱不冒烟，大雨下三天”“小满雨滔滔，芒种似火烧”“日晕长江水，月晕草头干”“星宿密晒塌皮；星宿稀，雨凄凄”……

唉，阴晴雨旱，那是天家的事，天要下雨，娘要嫁人，由不得自己！那就把心且往宽处放：“雪拢高山，霜拢凹”“东虹日头西虹雨，虹到老天下大雨”“淋谷把吃麦粑，淋麦把吃米粑”……

寒来暑往，阴晴风雨。当今的呈贡翻天覆地，日新月异。土里刨食的人们种花种菜，收音机、电视里听听天气预报；外出旅游，走亲访友，手机上翻翻天气预报；就连今天要穿什么样的衣服，化什么样的妆，也要看天气情况行事。老天长时间不下雨，那就人工降雨；几天后天气要降温，早早就接到了通知……

我的爷爷奶奶祖祖，早已入土为安，他们使用过的农具早已闲置。用不着再土里刨食，用不着再夜观天象，也用不着蓑衣、斗笠遮风挡雨。观天、测地、探索太空……这些在前人眼里，只有神仙才能做到的事情，正在实现，正在改变我们的生活。

我们的脚步向前。偶尔回望，那些渐渐被遗忘的，曾经口口相传的谚语，在烟雨迷蒙处，向我们微笑。

呈贡二十四场老灯收集始末

剧本，顾名思义就是“一剧之本”。作为戏剧的重要元素，呈贡花灯剧本是呈贡花灯密不可分的一个部分，是呈贡花灯发展的基础，也是呈贡花灯存在的真实记录。遗憾的是，对呈贡花灯的戏剧演出脚本鲜有专门、系统的收集整理。

由于呈贡距离昆明中心城区很近，是昆明的东南门户，所以，呈贡花灯的大部分剧目和昆明周边的花灯剧目接近，表演形式十分相似。其类型大致可分为四类：第一类是从小调演唱演变而来的，如《五里塘》《开财门》《祝英台》《小放牛》《货郎卖线》等；第二类是从民间歌舞演化而来的，如《霸王鞭》《板凳龙》《滚灯》等；第三类是从古典戏曲中移植或衍生出来的，如《朱买臣休妻》《长亭饯别》《红娘推车》《大头宝宝戏柳翠》等；第四类是以过去劳动人民的家庭、爱情和劳动生活为题材创作而成的，如《劝赌》《乡城亲家》《七星桥》等。

中华人民共和国成立前，识字的人少，戏剧演出又仅只是供消遣之用，所以纸质的剧本很少。呈贡花灯的延续一直是靠师承关系，剧情、唱腔口口相传。根据记载和本地唱灯师傅的传承关系推断，呈贡的花灯活动已经有两百年以上的历史。呈贡的很多村子都有自己的花灯班子。这些灯班的班主和主要演员多数是代代相传。这也就导致在口头流传、演出过程中，节目的错漏、增减、修改等情况不可避免，而且灯班还会根据自身演员结构和演员专长，对剧本进行选择、修改。经过一段时间的传承，呈贡花灯渐渐形成自己的特点，演出的剧目也日趋丰富，民间渐渐形成“呈贡二十四场老灯”的一种集体认识。

那么呈贡老艺人嘴里所说的“呈贡二十四场老灯”究竟是哪二十四场呢？

云南人民出版社1957年8月出版的《云南花灯音乐（呈贡部分）》一书，收录了呈贡花灯音乐四十余首，分别出自《玉药瓶》《打鱼》《乡城亲家》《七星桥》《长亭饯别》《李狗骗酒》《打花鼓》《瞎子观灯》《放羊》《包二接姐姐》《朱买臣休妻》《劝赌》《开财门》《三怕婆》《板凳龙》《霸王鞭》《祝英台》等十七个呈贡花灯剧目，可惜这十七个剧目仅仅只是被提及，部分有简介，剧本根本没有。

在1988年由当时的呈贡县文教局编辑出版的《呈贡县文化艺术志》油印本中，第一章“呈贡民间文艺”的第一节“呈贡花灯滇戏”中明确写道：“呈贡花灯有悠久的历史……是一支个性很强的支流，尤其是以演唱二十四场传统老灯和独有的背宫调为特色。”该章节提到的呈贡二十四场老灯有《乡城亲家》、《包二接姐姐》、《瞎子观灯》、《朱买臣休妻》（即《前逼》）、《马前泼水》（即《后逼》）、《王老爹劝闹》、《劝赌》、《小看花》、《玉药瓶》、《打花鼓》、《红娘推车》、《七星桥还愿》、《三怕婆》、《划船》、《李狗骗酒》、《货郎卖线》、《补缸》、《三探亲》、《放羊》、《开财门》、《小放牛》、《九流闹馆》等二十二场。

笔者在整理呈贡区文化馆已故文艺工作者管世恭同志生前搜集整理的关于呈贡二十四场老灯的手写稿时，共整理出其记录、收集的剧本手写稿《霸王鞭》《玉药瓶》《打鱼》《父女打鱼》《九流闹馆》《王老爹劝闹》《包二接姐姐》《红娘推车》《长亭饯别》《朱买臣休妻》《马前泼水》《三怕婆》等十二个剧本。

至此，呈贡二十四场老灯的雏形已大致有了。于是，笔者与呈贡文体广电旅游局原局长郭慧芬，斗南滇剧爱好者协会会长李有信，小莲花花灯团杨莲芬、李万盛，昆明市委党校教师刘刚，业余剧作者尹宏等，多次前往大渔王家庄采访已经85岁的花灯老艺人王仲武，收集整理到《小放牛》《王大娘补缸》《三探亲》等剧本。呈贡现在在演出的《三探亲》这一剧目，是经过专业剧团改编加工过的。王仲武老艺人很认可专业团把一个单纯的甚至有些恶俗的闹剧改编成积极向上导向正确的完整花灯小戏。老艺人记忆里的老灯《三探亲》，其故事梗概如下：一个布商、一个郎中、一个种地的，三人同时去苏家村提亲。结果，苏二姐选选这个，看看那个，最终选择了又跛、又瞎、又驼的庄稼汉，应验了呈贡民间的一句俗语——“拣七拣八，拣着脚跛眼瞎”。没想到现在耳熟能详的、歌颂婚姻自主、自由恋爱的《三探亲》的传统版本，却是劝说姑娘们不挑不选、赶快出嫁的闹剧。

在呈贡的花灯剧《放羊》到底是《小放羊》还是《大放羊》这个问题上，王仲武老艺人肯定地说是《大放羊》，并演唱了其中最难的一段——“老爷坐在轿子里”，唱腔里带有很浓厚的滇剧味道，哀怨婉转。老人说，很少有人学得会、唱得下这一段。还说《前逼》《后逼》是一出戏的前后两部分，《姑娘算命》和《瞎子观灯》也同样是一出戏的前后部分。但《姑娘算命》太下流恶俗，有点名气的灯班都不演这出戏。《大头宝宝戏柳翠》也一样，一般也不演。有点名气的演员都很敬业，很爱惜自己的名声，会自觉维护这一行当的形象。

在搜集整理呈贡二十四场老灯的过程中，小莲花花灯团团长杨莲芬、花灯爱好者尹洪也积极访寻民间老艺人，翻阅各种资料，并对剧本进行记录整理；《呈贡花灯音乐》一书主编艾如茂老师将10年前花灯老艺人冉竹兰、张述周口述的《乡城亲家》进行了整理；昆明市图书馆的陈曦老师，为我们提供了1958年云南人民出版社再版的徐嘉瑞先生编著的《云南农村戏曲史》一书，书中收录了老先生20世纪三四十年代收集整理的部分花灯剧本；邢光第老人将自己收藏的20世纪七八十年代初呈贡文化馆出版的油印刊物《文化通讯》《呈贡文艺》悉数捧出。

呈贡二十四场老灯的剧本终于一个一个收集汇拢，并达到了二十六场。在多方征询了花灯老艺人及专家们的意见后，笔者对照“人物、故事、情节”等戏剧要素，将故事性不强，人物性格不明显，更倾向于小调的《祝英台》、侧重于舞蹈的《板凳龙》划了出去。《戏范撷英》最终收录以下二十四场老灯：《霸王鞭》《打花鼓》《瞎子观灯》《开财门》《玉药瓶》《打鱼》《乡城亲家》《七星桥》《九流闹馆》《王老爹劝闹》《李狗骗酒》《放羊》《劝赌》《王大娘补缸》《包二接姐姐》《包二回门》《三探亲》《三怕婆》《红娘推车》《长亭饯别》《朱买臣休妻》《马前泼水》《小放牛》《货郎卖线》。

在这二十四场老灯中，《打鱼》（又名《划船》）这个剧在《戏苑撷英》中收录了两个版本。一个版本颇有南曲、昆曲的韵味，带有浓重的古代文人气息，文辞优美，音调完整，所用曲牌尽是明代小曲。徐嘉瑞先生在介绍《打鱼》这出剧时曾给予很高的评价：“在云南农村戏曲中，可以称为乐曲的标准和高峰的，要算《打鱼》。”“……而歌唱极困难。故学唱的人，只需学会‘打枣竿’的九板十三腔和‘挂枝儿’、‘倒扳桨’，已经成功大半……”（徐嘉瑞：《云南农村戏曲史》，第52页）。另一个版本则颇有生活气息，彻彻底底一幅滇池岸边渔家的日常生活画面。“青丝鲤鱼口味鲜，粉嘴圆圆又红腮。船到草海忙撒网，青丝鲤鱼上网来。”“青丝鲇鱼味鲜甜，浑身是肉扁圆圆。要打鲇鱼河尾区，抢水鲇鱼一排排。”语言浅显易懂，朗朗上口。两个版本，写的是同样的人物、同样的事，但一个是阳春白雪，一个却透着呈贡滇池岸边的淳朴民风。对比这两个版本，不难看出呈贡花灯的演化。

我们在对二十四个收录的剧目做了介绍之后，还有必要对“老灯”“新灯”进行说明。清代末期，随着地方经济与文化的发展，原有的以唱小调、歌舞、嬉闹、调侃演绎简单的情节，甚至演唱、歌舞与情节毫不沾边的戏剧形式，已经不能满足观众的审美需求。一些花灯艺人大胆地将滇剧的一些剧目、唱腔、表演移植到花灯中来，混杂在花灯中演出，人称“灯夹戏”。在此基础上，民国初年，在玉溪的段安国、贺家才、阮正富等人的编纂下，《出门走厂》《双接妹》等剧目出现了。以后又相继出现了《白牡丹卖药》《蟒蛇记》等剧目。这些剧目从戏剧角度出发，更能反映较为复杂的生活内容和人物内心，情节更加丰富饱满，曲调新颖，乡土味浓烈，易于传唱，被群众称之为“新灯”。为便于和原来的形式相区别，旧有的剧目称之为“老灯”。“新灯”一经传来，马上被昆明艺人和广大观众接受，并立即流行开来。1938年前后，呈贡老灯逐渐衰落，一些剧目久不上演，日渐被人遗忘。

呈贡二十四场老灯剧本，记录着呈贡地方戏曲花灯的演变、发展史；记录着呈贡当地及周边地区明清时期、云南解放前的市井生活、民风民俗。在收集整理过程中，我们尽量保持剧本原貌，还原当年的乡音乡韵及其透出的世态炎凉，在生旦丑的言语唱念中，穿越往来。

第二章　梦里的村庄

乡愁，是缠在树上的藤蔓
绵延的屋舍
是大树的枝干
巷道相通
是大树的血管
我们依附着大树
宣泄苦乐悲欢
大树下父亲的背影
并不伟岸
我在盘虬的树根间
步履蹒跚
远行的目光
坚毅果敢
走出村庄的豪情背后
是心底不住回应母亲
长长短短的
呼唤
回归的脚步扣响
古老的青石板
青春隐去
我的鬓角斑斑
体面地微笑着
孩童们在好奇地把我看
一滴泪把心泡软
游思凌乱
葱绿的藤藤蔓蔓
还在村庄纠缠
忽然
忘了回去的答案

乡 愁

你不知道，为什么夜里莫名其妙地就回到了儿时的田野，爬上了村头的那棵大树。母亲又在夕阳里呼唤：回家吃饭啦……

你不知道，为什么在一条小河边，就那么没来由地放肆地笑了，笑得肚子都疼了，一回头却又泪流满面……

你不知道，那些曾经的爱恨情仇，为什么就已经波澜不惊。那些让自己痛不欲生的经历，回视时只算是人生当中的一个小沟小坎，我们往往还会相视一笑，抑或淡忘于江湖。

这就是乡愁。一段不由自主的、牵肠挂肚的、不能用逻辑推理来解释的情感；一场年少时渴望离开，年轻时偶尔想起，年老时不能释怀的轮回。

乡愁里的村庄，用心血滋养着，不管风雨如何侵蚀，岁月如何流转，它总是暖暖地笑着，从未改变儿时的模样。早已故去的乡邻还一如既往地在那里生活着；那些远去的飞鸟，还在天空盘旋着；母亲的脸上没有皱纹，父亲还是健壮如牛，而我，永远是那个光着屁股玩泥巴的小屁孩儿。

“少小离家老大回，乡音无改鬓毛衰。儿童相见不相识，笑问客从何处来。”我们可以尴尬地笑笑，说来话长地解释，欲言又止。我们回来了，却已然回不去了。

乡愁是丢进眼里的辣椒，辣得你眼睛生疼，辣得泪流满面，可她依然红彤彤的，不增不减半分色泽、半分身形。

乡愁是一片陈年的普洱，倾倒一壶水，便会把所有的记忆泡开，你舒展着印象，品咂回味，淳澈芬芳。

乡愁悠悠，我心悠悠。有光，从雾气氤氲的从前，穿透所有的过往，暖暖地照亮前程。

一个村庄的成长

据村里最会唱花灯的王仲武老人讲，清朝中晚期，滇池水位退去，露出了一片一片的荒地。松花铺有两个人就卷起铺盖在荒地间搭起窝铺，用锄头镰刀一点一点地开垦出一块一块的土地。接着，越来越多的人前来这里垦荒，新村就在一块田地一块田地的绵延里，在一间窝棚一间窝棚的搭建里，在一间房屋一间房屋的更迭里，在一个家族一个家族的递增与延续里，立了起来，成长了起来。

成长起来的新村，是大中国 1865247 个村庄中的一个，是 965 万平方千米疆土上的一个小点儿：面积不算大，也不算小；人口不算多，也不算少；历史不长，没出过盖世英雄，也没发生过惊天动地的壮举，没有人富甲一方，也没有饿死过人。新村普普通通，遵守着繁衍生息的法则，就这么不卑不亢、不惊不惧地安安静静地生长着。

成长起来的新村，生长出来历史，生长出来故事。村口的大寺，高高的台阶，高高的门槛，庄严肃穆。虔诚跪拜里，是人们对大自然的敬畏；香烟缭绕中，是人们对未来的期许与祝福——风调雨顺，五谷丰登，无病无灾，万事顺利……大村高场边的一栋老宅，那块镶嵌进土墙里刻着“中共呈贡县委第三次委员会议旧址”字样的石匾，告诉人们新村曾经的激情岁月；那个高高的戏台，上面托举着一颗闪闪的五角星，见证了新村人在党的领导下，一步步从实现温饱走向富裕的奋斗历程；

而曾经在老昆明的戏剧舞台上留下回音，在呈贡的花灯史上留下浓墨重彩的一笔的王家庄的“灯棚”，需要拨开历史的尘埃才能被发现；喜庆的腰鼓声“咚咚”地催开了一年又一年的好收成，打腰鼓的大姑娘小媳妇也在日复一日中变成了满脸皱纹的老太太……春夏秋冬不停更迭，让每个上了年头的屋顶都会长出茅草，印上青苔；用再坚硬的石头打制的井圈，也会被无数的桶绳磨得油光铮亮，勒出刻骨的痕；而那带着乳香的母语，植根于泥土的“许囡”“黑狗”“二气”“摩登”等小名或外号，用新村人独有语音语调呼唤出来，才会愈发有味道。

成长起来的新村，成长出来了故事。杨、刘、郭、王、管……与村庄相依相偎的每个姓氏后面的家族，都有一部自己的家史。那些曾经鲜活的面孔，曾经发生的事件，飘荡在爷爷烟锅里点燃的旱烟上，匍匐在祖母微偻的背脊间，烙印在你我的脑海里。每个故事的讲述，都是对曾经的致敬，也是向上向善的追求。

新村正如她的名字，新崭崭，充满了活力。平静中，理想昂扬向上；平凡中，信念坚定执着。每个历史阶段，新村人都紧紧抓住了机遇：曾经，顶骄阳沐风雨洒下的汗水，换回田地里的金灿灿的水稻小麦，圆滚滚的蚕豆苞谷，换回米粮仓的美誉；曾经，改革开放的春风，催生出新村人的新思想，田地里长出了塑料大棚，庄稼换成了蔬菜、鲜花；人们走出了村庄，卖花、卖菜、读书、工作、办企业……如今的新村，草房换成了大瓦房、大砖房；泥水路换成了水泥路；小板车换成了小轿车；教育的普及，信息的顺畅，新村人穿着与时代接轨的服装，光光鲜鲜，精神抖擞，迈步向前。

新村人创造了新村，新村包容了每一个新村人。她是每一个新村人的新村呀！填写籍贯，总是“呈贡新村”，填写简历，第一项总是“某年某月至某年某月，新村小学就读”；别人问你老家在哪？你也只会说：大渔新村……是的，只要你在这里生长过，生活过，你就被新村打上了烙印。新村，是每一个新村人无法逃避的存在。

一个村庄的成长，是这个村庄里的每个人的成长。在一辈辈新村人的故事里积淀出来的新村的精神所在、力量所在，是每个新村人的魂；团结成长、昂扬向上的新村是新村人的根。不管你爱她还是恨她，离她多远还是多近，“新村”两个字，总会随着时光的推移，岁月的积淀，在某个夜晚把你唤醒，烙得你麻木的心生疼，呛得你的眼里涌出泪水——这就叫乡愁。

村庄的成长，个人的成长，离不开对历史的记录整理，对过去的回顾反思。只有知道了我们从哪里来，我们才明白我们行进的方向；只有知道了我们的根扎在哪里，我们才知道我们的魂在哪里；只有那一缕乡愁始终牵引，人在远方才会有归途。

对一个村庄的历史、故事、事件、人物、生活的日常的整理、记录，似乎很微不足道，但却必不可少。那些琐琐碎碎的曾经的日子是我们成长的足迹呀。无论这个村子以后要搬迁到哪里，新村的人还能不能整整齐齐地聚在一起，我们将会以怎样的形式存在，只要有新村人的地方，只要骨子里有新村的精神、新村的魂，新村就都会存在，就都会生长。

谁是二新爷

《呈贡民间故事》这本书里，有这样一个故事：

在滇池东岸有一个村庄叫新村。村里出了个传奇式的人物，叫“二新爷”。二新爷姓杨名新，排行第二，性情耿直豪爽，并且流传下了许多优美动听的传说。

有一天，二新爷赶晋宁街回来，才来到白马路村附近，天就不知不觉暗了下来。小团树亭亭如盖，遮了大半段路，白日里也觉阴森，此时更是阴森恐怖。刚走上几步，只见从小团树下跳出几个执钢刀的蒙面大盗，来抢二新爷。二新爷不慌不忙，抓了一把瓜子含在嘴里，用力一吹，瓜子如箭般飞出去，只听几声嚎叫，那几个蒙面人钢刀掉在地上，像着了定身法般动弹不得。二新爷走到面前，每人给了几个耳光，他们才清醒过来。他们知道碰上硬的了，慌忙下跪求饶。原来二新爷自幼得异人相传，这手瓜子点穴的手法是他的绝技之一。从那以后，小团树附近安定下来了。

有一回，不知从哪里来了一窝耍杂技的，不知为哪样，惹怒了二新爷，二新爷决定收拾他们一下。正好演到“钢刀杀头”这一节目，就是拿刀把头砍下来，血流如注而不死，这也是要较高的法术不可，哪知二新爷曾经学过破这种法术。他马上抓一只苍蝇，“啪”的一下将头掐下，只见那被“杀”的演员砍下的头，使尽一切办法都没有把头重接上去。那压台的方知得罪了一方高人，慌得下跪哀求。二新爷原来也只打算惩治一下，当下收了法术，那演员的头才接了回去。

这天，八十多岁的二新爷在村头散步，恰好碰着一个收废铁的小贩。小贩在附近几个村子跑了大半天，嗓子叫得冒烟，只收到几把破锄头和烂镰刀，心里有气，就乱说乱讲，对人大发牢骚，正好被二新爷听到了。他不动声色地喊那个小贩到他家，并且告诉他，如果提得起那把刀，那么就归他所有，不要半文钱。那小贩起初不信，二新爷就拎出那把重一百八十斤的大刀，让那小贩试拎了几次，宝刀睡地纹丝不动。说时迟，那时快，只见二新爷一只手像提灯草一样，“刷”“刷”地舞了起来，轰动了村里的人，那小贩更是惊得目瞪口呆，半晌说不出话来。

后来，二新爷活到九十多岁，无疾而终，四面八方的人都来为他送葬，那种场面，是从来没有看见过的。他的传奇故事，都一直在呈贡大渔、新村等地区流传下来。

我作为一个土生土长的新村人，为村里有这样一位神通广大的先辈而感到自豪。当李有信的滇剧队伍因为要到新村演出，让我帮写个结合新村内容的适合舞台演出的本子时，我欣然答应。我本来就是新村人，对演出队伍的情况也熟知，于是就写了个有说有唱的歌舞小戏剧本。大致内容就是：演出队到新村演出，因为对新村有极好的印象，就趁演出前的空余去逛村子。演出队长李老爹安顿好演出事宜，来给姑娘们当向导，给他们讲新村的历史人文、特产风物。民风淳厚的美丽新村让演出队的小凤都不愿离开了。

李有信对剧本很满意。但是问了我个问题："新爷"（新夷）两个字到底怎样写？因为我的剧本里，有几句唱词是这样写的："当年有个二新爷，人高马大有神力。一口大刀百多斤，十里八乡留传奇。"李有信说，他们村历史上也有个孔武有力的人，因在家排行第四，人称"四新爷"，他推测"xin yi"可能是地方上的一种武官，我写成"新爷"，字可能错了，让我查查。

他这一问，我还真懵了。赶紧又是百度，又是查资料，结果，真没找到"新爷""新夷"或是"辛夷"以及与之相仿读音的词与习武之人称呼相关。倒是查到一个"军爷"的称呼："旧时对军人的称呼"。军人好歹与习武沾边，且呈贡方言发音咬得特别重，呈贡方言里没有"撮嘴音"——"大鱼"发音是"大姨"，"下雨"是"下乙"，"军人"是"金人"……妄自猜测了一下：习武之人考武举，自是当时的军人打扮，被称为"军爷"就像称呼文人"秀才"一般。估计被当时的哪个呈贡人将"军"听成了"新"，然后就以讹传讹了。

不再纠扯称谓的事情，二新爷的故事却让我想起了村里人关于二新爷故事的另外一个版本。

村里人说，二新爷真有其人，而且是出自某家、某一辈，算下来应该是某某的曾曾祖父了。这人的确天生神力，而且拜过师，习过武，当年也曾一腔热血，立志要考武状元。却在开考当日，因其他事情，没能进得了考场而耽误了考试。满腔抱负，满身功夫，只因错过场期而留下终身遗憾，又因遗憾而怨恨，因怨恨而抑郁，而从此消沉，游手好闲。在以勤俭持家为荣，坚决不许沾染吃喝嫖赌毒的新村，这个曾经让所有人瞩目的男人，最终一事无成，大家的失望是巨大的，所以家族里对他都闭口不提。

一千个人眼里有一千个哈姆雷特。故事里的二新爷神通广大风光无限，村里人嘴里的二新爷没有成就傍身，有些失败。哪个才是真实的二新爷，也许就连他本人都说不明白。

新村的豆腐坊

我在1974年的夏天，被我的母亲带到了这个世间。在15岁以前，我的足迹在新村的土地上奔跑。大村、小村、中村、郭家底下、李家边、王家庄、姚家边，这就是我对新村的认知；围坝沟、新河、机器沟，这是我对河流沟渠的认知；纱帽田、高场边、大尖格儿、小尖格儿、湾儿搭、秧田边，这是我对我家责任田所处的位置的认知。30多年前离开村庄后，曾经熟悉的稻田变成蔬菜大棚，变成鲜花基地，曾经的田埂圈划的区域分解又融合，河沟也不知什么时候断了流。我所熟悉的这些认知渐渐地淡化，一些名称也遗忘得再也想不起来。但是，童年时在新村吃过的一些东西，却越发清晰。

村里有句老话，想吃锅巴锅边转。小时候的我曾经无数次在村里豆腐坊的锅边转过。

豆腐坊在新村大村一眼老井旁边。井水很旺，感觉井水是高于路面的，因为井台有个地方破了指头大的一个洞，每天清晨，都有清汪汪的井水汩汩地流出。我时常想，如果没有石井栏围着，它会不会流出一条小河。井水满溢，打水连井绳都不需要，桶直接伸进去就满了。

已经记不起是谁在做豆腐，一年做几次豆腐。只记得应该是早晨八九点钟的时候，豆浆浓浓的香味就会热气腾腾地弥漫整个村庄，唤醒肚子里的馋虫。脚会不由地追随着香味儿，走到了豆腐坊前面的一块场地上。

母亲是不准我们“望嘴”（眼馋）呢。做豆腐的都是一个村的人，母亲爱面子，怕人说闲话。我于是不敢到豆腐坊门前探头探脑地张望，更不要说走进里面。常常是折几枝小花小草拿着，坐到井边的一个大石缸里，假装在玩，心里却在推测，白白的翻滚着的豆浆，什么时候会被系着大白围腰的师傅，舀进瓦缸里。

我只是在玩，而不是在等着锅巴。可是每次一听见菜刀用力“嚓嚓”地铲着锅底的锅巴的声音，都会精神一振，不由自主地挪到离豆腐坊更近的地方。煮豆腐的锅很大，每次铲出的锅巴都有指头厚的一摞。锅底的那一块是糊的，上边一些的是黄黄的脆脆的。师傅一拿着豆腐锅巴出来，豆腐坊周围的小孩就一拥而上。我生性腼腆，总不敢冲朝前面。等我跟在别人屁股后面过去时，锅巴总是只剩下几小块儿别人不要的锅底那儿的黑乎乎的了。但即使是这糊糊的锅巴，也很脆、很香，只是有点苦，豆香中夹杂着焦糊的味道。偶尔，也会有做豆腐的大人，呵斥住那几个特别能抢的小孩，然后按人头每人分几片锅巴。这时候就能吃到一两片渴望已久的黄爽爽的锅巴了：脆生生、香喷喷，那滋味，终生难忘。

新村的粉丝

新村的粉丝细如丝，白如雪，用热水一煮，莹润柔软，吃到嘴里唇齿留芳。在20世纪80年代，新村的粉丝在呈贡是很有名的，常常供不应求。

粉坊在村子西边，旁边有一蓬一蓬的竹子簇拥。

做粉丝的也是村里的人。由于做粉丝要和水打交道，他们一个个穿着亮闪闪的长筒水靴，走起路来，“咣咣”作响，给人一种很酷的感觉。他们都是在凌晨就开始加工粉丝了。

等“吱吱”的机器打磨蚕豆的声音停止，天也就蒙蒙亮了。村里人纷纷起床，挑着泔水桶去粉坊，排队挑磨粉和浸漂粉丝时的粉水以及滤出的豆渣。做粉丝要用上好的蚕豆。豆渣和粉水比粗糠、野菜有营养多了，猪自然爱吃。所以新村养猪的人多，猪养得也好。

做出来的粉丝需要晾晒。于是围坝沟的河沿上就立起了一排木桩，木桩与木桩之间用粗粗的铁线连着。每天清晨太阳放光的时候，勤劳的新村人早已将雪白的粉丝一把一把地晾在铁线上了。晨光里的粉丝像镀了银，闪闪发光。

粉丝很细，风很轻。总有一些不听话的粉丝会落下来。于是人们就将河沿边树桩下的绿草留着，从镰刀下逃生的绿草感恩地长，长得像长绒地毯一样。这样，落下来的粉丝就躺在这青柔柔的草毯上，沾不了一点灰尘。

下午一两点钟，粉丝就干了。大人们把粉丝收走后，孩子们就会沿着河沿再找找。有太零碎的不要的，或者被风吹到蚕豆田、油菜田里的，就捡回去一小把一小把地攒着，攒够一顿的了，就可以央求着大人烧水煮软煮透，用干辣椒、酸腌菜一炒，那滋味扎实板扎。

粉坊和豆腐坊是什么时候停止生产的，我实在是想不起来了，但它们存在过、芬芳过、温暖过一代新村人的生活。

新村的莲藕

新村的莲藕肥硕：手臂般粗细的藕苞三节甚至四节相连，延展出一两米的长度。新村的莲藕好吃：生吃脆嫩鲜甜，汁多，有荷花的清香绕舌，提神醒脑；熟食沙、糯、松软，色白而营养丰富。

莲藕要傍水而生，新村村头秧田里，滇池经常淹到的烂泥田里，就种下了莲藕。由于产地面积有限、莲藕品质又好，当年新村的莲藕在市场上卖得起价，常有别村的莲藕冒充新村的。

“春雷响，万物长。”惊蛰节气是宣告农闲暂停，耕地播种开始的节点。新村的播种从秧田的碎土、平土、泡水、打田、拢墒开始。在这个过程里，秧田里的种了藕或没种藕的人家都会与藕不期而遇。泡藕时不要的藕梗（新村人叫作“该该”）、藕节、藕气带儿，或者从这家秧田穿过田埂“越界”的藕苞都可能会在土垡的敲击中，在水淹没每一丘秧田时，在晒酥敲碎的土被牛犁、被锄头化成一堆烂泥的过程里出现，数量不多，成为辛劳一天后的意外收获。人们将预留的藕种顺好，让它尽量朝自己田里长。多余的就在田头分给相邻的人家，各自带回家，下肚了。惊蛰，是新村人吃藕的最后节点，因为春分一到，田里的藕就会灌浆了，颜色变暗，口感变差。

一畦一畦育秧的墒整理好，人们就撒上谷种，盖上一层细细筛过的猪粪或草木灰，有的还会盖上地膜。几天后，稻种就长出嫩芽，扎根生长了。莲藕在泥土里静静地生长，不影响上面的秧苗。偶尔会钻出个脑袋——赭石色的极不起眼的一个小尖角，似乎尽量在收拢自己的身体，以免自己的成长碰到或伤到秧苗。

秧苗在回报农人的精心照料，迅速地生长。莲藕的生长却很克制，羸弱短小的茎，顶着个碗口大小的单薄的小叶片，在蓬勃生长、郁郁葱葱的秧苗面前，谦卑而内敛。让人怀疑，这么几个柔弱的小家伙，能长满这偌大一片的秧田吗？

等秧苗被栽插进大田里，秧田就彻底是莲藕的天下了。人们用锄头将育秧的墒挖平，在预留藕种的附近，踩进些猪圈粪给莲藕施肥。莲藕就开始了它生命的精彩表演：一天一天地长大，一天一地强壮，一寸一寸地在扩展范围。半个月后，秧田已有了“小荷才露尖尖角，早有蜻蜓立上头”的诗意，一个月后，便已是荷叶田田绿意盎然了。

六月底七月，便会有荷花初开了。新村莲藕的品种，荷花没有莲蓬，不结莲子，只是一团地聚拢着，像一颗红心，也像一支火炬。估计是知道大家需要莲藕填充肚子，刺激味蕾，它就把所有精力集中在莲藕的生长上了。

尽管荷的品种单一，但并不妨碍它美得赏心悦目——“灼灼荷花瑞，婷婷出水中。一茎孤引绿，双影共分红”。总有孩子经不住诱惑，偷偷摘片叶子，摘朵荷花。这时候，大人们就会呵责：一个荷叶一枝藕，一朵荷花毁一蓬，摘了荷叶荷花，下面的莲藕就会烂了，到时候你还吃个屁！

有了大人的呵责，摘的频率会低，但不会绝对不摘。荷叶是孩子们夏天遮阳必不可少的天然雨伞；是做泥巴掼砂锅最好的盛水工具；是摆蛮咕嘟（过家家）必不可少的绿色圆桌、小碗、小盘；是孩子们缝制绿色衣服、小裙子、高帽子、乌纱帽等等装饰必不可少的最佳原材料……偷偷摘到荷花后，孩子们会用小手一片一片将花瓣撑开，看着盛开的荷花雍容典雅；也会摘一片花瓣，左手握个空拳，将荷花瓣放在左手虎口上，右手抻平手掌用力一拍，就听“啪”的一声，花瓣凹陷处应声破裂。大人们会告诉你，要保护好耳朵，别让人扇耳光，因为耳朵里也有个像荷花瓣一样脆弱的耳膜。

九月，荷叶渐渐泛黄。有心急的人家已经开始刨藕了。村口的秧田种莲藕的年代还不太长，而且下面的土层比较紧实，莲藕长得不太深，大板锄用力挖下去，就可以看见纵横交错的藕气带儿，往下挖到50厘米左右，就可以刨到莲藕了。滇池边的莲藕经年累月长在淤泥里。要等枯水期，滇池水位退下，才能去进行挖掘。

刨藕不只是个力气活，也是个细致活儿。要能根据藕梢、藕气带的走势确定莲藕的位置，在接近莲藕时注意锄头的力度，因为不小心挖断挖破莲藕，泥水灌进藕孔里，要是清洗不及时，泥沙一沉积，好端端的一截莲藕就废了。所以用手刨，用指甲扣是刨藕必需的步骤。常常刨一天藕下来，满指甲黑乎乎的淤泥，洗都洗不掉。刨两天下来，指甲都秃了，两手又皴又疼。尤其是刨海边烂泥秧田的莲藕，常常要先筑坝，将田里的水舀干，然后挖出趟口。烂泥秧田全是淤泥，莲藕长得极深，挖下去一米以上才能见到点莲藕的影子。在弯腰刨藕时，感觉人是融进泥里的，再起身时，一身泥水，一脸泥污，连头发也被稀泥糊成“一并掌”（方言，一片、一团的意思）的了。在海边刨藕的感觉，像在挖地道，但比挖地道更难。因为烂泥是稀软的，堆不住一会儿，“唰”就倒了。

艰难的刨藕过程让人难忘，但完整撅起一大支莲藕的兴奋、激动会将这些艰辛淡化。在刨藕过程中遇到泥鳅、黄鳝，或者在秧田的水坑里、田边的沟渠里逮到几条谷花鱼，那喜悦就更添几分。

刨藕的过程断断续续，每家刨藕的日子都很随机。藕长在泥土里，不怕贼偷，不怕鼠咬，不担心风霜雨雪，从九月到来年二三月，只要不怕苦不怕累，你想哪天刨，哪天就可以开工。

刨到的莲藕挑到家中，总会第一时间到井边，打两桶水，好好清洗干净。莲藕大多是七个孔，也有九个孔的。据说，七个孔的莲藕吃起来没有九个孔的酥脆，味道也没有九个孔的清甜。七个孔的莲藕丝质稍粗，炖煮出来沙沙的，很舒服，九个孔的更适合凉拌。藕梢子剁细拌上肉末，搁点淀粉，做成小圆球，下油锅一炸，俗称藕圆子，又香又糯，回味无穷。针对没有牙的老人和小孩，就用擦瓦（土陶烧制的上面布满小棱角用来擦碎食物的瓦片状的器具）擦得绒绒的，放上猪油、食盐，冲上开水，调匀，放到甑子里蒸得板板的，起锅时撒上葱花，青白相间，营养丰富，入口即化。

新村的莲藕装点着风景，陪伴着村里人的 365 天，养眼、清心、爽口、暖胃，留下关于荷塘无数的记忆。

后来，滇池边围起了水泥镶嵌的坝埂，烂泥秧田便不再被水常年淹渍。20 世纪 90 年代初期，新村的稻田种上了羊角辣、大辣椒，并且把辣椒种成了新村的特色产业名片，新村的稻田就不再种水稻，秧田就丧失了育秧的功能，干涸了，我记忆里最好吃的莲藕，也渐渐地消失了。

马豆马豆响

“马豆马豆响响，老爹赏你三巴掌。”这是一条呈贡地区关于马豆的童谣。为什么要让马豆响，老爹为什么要打马豆？再说马豆那不到三厘米长，半厘米宽的柔弱的小身板儿，这三巴掌真要打下去，也太有点“大炮打麻雀”的味道。

这句童谣的意思我始终没搞懂，也不想搞懂。因为呈贡农村的很多童谣都是从很久很久以前就口口相传，到底是当时那个哄孩子入睡的人信口开河，还是在流传的哪个环节出了口误，已无法考证，也无需考证。这些朗朗上口的童谣只要好听就行了，顺口就行了，好玩就行了。孩提时的我们听着这样的童谣长大，体会到的是韵律的美。

在这脆生生的古老童谣里，村里的小孩和我一样，在春风里，在田野上，采摘这种叫马豆草的野草上长出的狭长果实，从弧形的一侧，用指甲小心地一剥两半，掏出它一颗颗圆圆的果实，清理干净后，在底端斜着掐去一小段，就可以放在嘴里吹响——“嘟呜，嘟呜”。马豆发出来的声音有点像按压橡皮小黄鸭，鸣笛发出的声音。但马豆的声音根据采摘到的新鲜马豆的大小粗细，吹的轻重缓急，会有抑扬顿挫，或高、或低，或圆润、浑厚或尖细高亢的区别，层次更加丰富。有厉害的小孩子甚至能用马豆吹出简单的歌曲。当然，也有因为气息掌握不好，吹不响的，甚至直接把马豆直接吹到天上的，更有把本该用到嘴上的力气用到鼻子上，吹出两条鼻涕虫的。吹不响马豆，就怪马豆不听话，于是就唱“马豆马豆响”，似乎是安慰，又似乎是对马豆的恐吓：好好听话，不然就打你了。

马豆是每个孩童看过一遍就可以自己动手制作完成的发声的玩具。小时候，在马豆草生长的冬春季节，只要有马豆生长的地方，就会有孩童将它吹响。春风里的马豆声，伴着欢笑声传得很远。有时候，一群孩童凑在一起，比谁的马豆吹得响，还真有点吵死人不偿命的气势。大人们听烦了，嗔笑着咕哝一句“咯逼间不得”（方言，烦死人的意思），兀自走开，留一群兴奋得要飞起来的小屁孩，鼓着圆圆的小腮帮，吹奏自己的音符，锻炼肺活量。

春风里的马豆草低矮地摇曳，纤细的藤蔓，羽状复叶，紫色的小花。长在蚕豆田里的马豆草，攀附着蚕豆秆儿，努力向上，可以长得与蚕豆一般齐整。长在旷野的马豆草无所攀附，就压缩身高，从根部发出一条条侧枝，横向发展，却也蓬勃茂盛。

马豆草一身都是宝。嫩尖采下，放清水里一煮，搁点油盐，那滋味鲜甜清香，比豌豆尖更纯正几分。只不过它太瘦小了，几十根嫩尖捏拢了，也抵不了一根豆尖分量，长得又极其分散。忙碌的农人们可无暇为一把野菜满田坝奔波半天。尽管兰茂在《滇南本草》中记载，“马豆草，气味甘、淡，平。无毒。主治外科痈疽发背，疔疮锁喉，杨梅结毒，便毒等症，敷之即愈。熬水洗五痔，神效……”但是似乎大家并不知道马豆是味草药，始终只是把它当野草，当猪草。连同蛤蟆叶、苦椰头、郎豆丙儿、牛奶浆……这些田头地脚生长的猪草一起撸满背篓，背去喂猪。猪似乎知道这是好东西，在找回去的各色猪草里，每次都是抢先吃马豆草，吃得连渣末都不剩。

我已经想不起有多少年没有背着背篓找猪草了。城市的空气中充斥着各种各样的声音，各种各样的色彩。当年那单调至极的马豆声，还有人记得吗，马豆草的样子还有人记得吗?

哪天有空?去采一枚马豆，做一个马豆的哨笛，去吹响春天的细语吧。

我真的是被吓大的

“你等着我收拾你!”“小心我掐着脖子挨你捏死掉!”“老子不挨你打死才怪!”“小心我拽着小胯懂你”（提起来上下抖动）……农村娃娃小时候逗大人生气了，大人们横眉立目，大手一指，孩子们立马噤声。后来听得多了，知道大人并不是真的置自己于死地，只是吓唬一下而已，渐渐地就不怕了，有时还敢顶上几句，甚至在实在无聊的时候还会故意逗着大人生气，他们爬起身追着我们欲打，却总被我们甩脱，气喘吁吁、无可奈何的样子会让我们开心不已。

小燕子翩翩飞舞的日子，妈妈说，不能用手指小燕子，指了会“咬恶指”（指头生疮烂掉），于是，只敢远远地看着。隔壁大婶家屋檐上，燕妈妈刚孵出一窝小燕子，叽叽喳喳。我兴奋地指给小伙伴看，指完之后，吓得把那个指头用水洗了又洗。紧张了好几天后，才发现，指头后来没事。

壁虎，在我们村叫山壁魂儿（音）。它能在笔直光滑的墙面上迅速行走；能在屋顶上，平行于地面地攀爬；遇到危险，它的尾巴会自动断掉。断了的尾巴还会在地上摆动弹跳，这本已经让人很惊诧的了，偏偏还有“山壁魂儿的尾巴如果落进耳朵里，耳朵会聋掉”的传说，所以我一看见那壁虎爬过，总是捂紧耳朵，屏气噤声，祈祷它赶紧走开，尾巴千万别掉下来。

除了这些，还有那些在深夜火塘边讲的老毛人的故事，你已毛骨悚然，却偏还有夜鸟“哇呜”几声，直教人魂飞魄散。

大人们讲，孩子也讲：讲梦游的人、讲撞鬼的人、讲捉鬼的人、讲棺材里的僵尸、讲哪棵树上有过吊死鬼、讲哪条河里有淹死鬼、讲哪株花旁有狐狸精……他们绘声绘色，眉飞色舞，我们越不敢听越想听，有时夜里还会被吓醒。

这些故事，吓完了，也就完了，可让我至今都心有戚戚的最吓人的事儿，是关于那个瞎眼、小脚的二奶奶。印象里瞎眼的二奶奶，总是坐在老房子门前的门墩儿上烤太阳。她的脸像一张反复搓折的牛皮纸，凹陷无神的双眼会时常有泪堆在眼角。村里的小孩都馋，一看见有人吃东西，就流着口水，巴巴地望着。二奶奶心善，一感觉到有小孩子在旁边，就递过碗，让大家吃两口。大人们见了，总要客气地骂自己的孩子不懂事，因为二奶奶本就太穷。但总还是有孩子去“望嘴”。有一天，孩子们中间突然悄悄地流传了一个秘密：二奶奶有一天在灶门前吃饭，老鼠搬家，一只刚出生还没长毛、还没睁眼的浑身通红的小老鼠（我们称为“红蜡儿”），从低矮的楼板缝里掉下，准准落在二奶奶的碗里，看不见的二奶奶就这样活吃了一只小老鼠！

那时，我们都信了，似乎都看见了那只红蜡儿在滑入二奶奶肚子前，二奶奶喉头的颤动。我们从此都远远避着二奶奶，甚至渐渐地忽略了她的存在，直到她孤独地死去。

我就这样一路被吓大了，一路胆战心惊地长大了。

当某天回想从前，不禁哑然失笑：人言“因果报应”“冤有头债有主”，就证明鬼也是讲道理的，事情总是会有缘由的。自问没有伤天害理、没有残害生灵，不做亏心事，不怕鬼敲门。我怕什么？

当然，那些关于燕子的、壁虎的“传说”想必应该是古人为了保护这些可爱的小生灵的一种策略吧。

母亲的床

母亲，为儿为女一生，博大的母爱，无私、圣洁、温暖。母亲的床，简陋得可以直接用脏、乱、差来形容，可并不妨碍它成为儿孙们成长的摇篮。

脏

俗话说得好，儿多母苦。母亲生育儿女七人，每个子女都是她亲手带大，以每个子女在她床上长到三岁计，共有二十一年的光阴，母亲的床上是乳臭小儿们的印迹："子孙河""金银堆"……谁不在床上干点尿尿屎屎的糗事，就能长大了？谁不在床上当几回孙悟空大闹天宫，就会天生成熟？

子女之后有孙。母亲有孩子缘，每个孙子孙女都喜欢粘着她。近处的喜欢天天跟奶奶睡，远处的睡在外婆床上，赖着不走，可又无法管住自己，"子孙河"总要流，"画地图"一个比一个厉害！床单洗了换，换了洗，可被浸透了的棉絮，不论你怎么晒也好、拍也好，反正总有那么一股味儿。

乱

母亲的床，乱的历史比脏的历史稍短，大概是二姐出生后吧，"大炼钢铁"、打水库、修铁路……为全家生存和温饱奋斗，父母都非常辛苦。母亲时常是早上摸黑干活，晚上摸黑收工，喂饱两个哭成泪人的娃娃，可还得缝补一家人的衣裤，做一家人的鞋袜。于是母亲把针线箩搬到了床上，把新新旧旧的布头搬到床上。她斜靠着土墙，一面放松累得生疼的脚板、腰杆儿，一面眯着眼睛，就着昏暗的煤油灯做针线。床“乱”的历史就此开始。并不宽绰的一张床上，该补的破衣破裤，新纳的鞋底，绣了一半的鞋帮，零的整的布……挤得满满当当。

后来的日子好了，不用缝衣做鞋了，可母亲在床上做针线活的习惯也改不了了，挑花绣朵，做虎头鞋、鱼帽、猫帽……脚勤手快的添麻烦的孩子们，只要大人不注意，就把床当游戏场：玩具、洋娃娃、小零嘴……统统上了床！偶尔母亲忘了收拾床铺，床上便可见孩子们的糖纸、炒豆、瓜子壳。侄儿喜欢剪纸，一觉醒来总要缠着奶奶给他剪把刀呀，剪条牛呀，这下可好，床上就什么乱七八糟的东西都齐了。

差

母亲的床曾有过几次变更，最初是几个土基，几片薄木板加一床滑席的床，后来土基换成了两条板凳；那床破滑席上又多了一条破灰毡；再后来，一张由五块床板和床架组成的宽大的木床抬进家，母亲的床终于像了点样子。可没过多久，一场大火将家里烧得所剩无几，母亲又睡到了板凳与木板组合起来的床上。没被火烧到的耳房楼上幸存的两张床，一张让给了儿子，一张让给了最小的女儿。当时在外上高一的我，把住校的铺盖用单车驮回家中，因为劳累一生的母亲，不能再睡不好。在大火面前都没流一滴泪的母亲，眼睛湿润了。她虎着脸，强硬地让我把铺盖驮回学校去。她说家里总比外面好办。我执意留下厚实的被子，母亲生气了：你知道妈妈苦这辈子是为什么?为你们呀。只要你们好，妈就满足了，驮回去，家里会好起来的。

两年后，父亲去世了。去世前，父亲挑了几块木料给母亲做了一张刷着粉红色油漆的蒙板床。很长一段时间，那张床上只是一层金色的稻草、一床红色的破毯子、一床洗得发白的床单。

后来家里又陆续添了一些床上用品，好的漂亮点儿的都用在儿女床上，旧的跟不上潮流的总是母亲沿用。批评母亲，不该娇宠儿女虐待自己，母亲却振振有词：我睡习惯了的床，变化太大会不习惯，会睡不着觉的。再说，孙子孙女喜欢跟我睡，他们尿几次床下来，新的也成旧的了。能用就用，能省就省，可不要糟蹋。给母亲换过几回被褥，每次总是前脚刚走，母亲就又给换了回去，母亲的床依然一如既往：差！

日子正如母亲所说，越来越好。母亲五十多岁时，每个子女都独立成家。母亲七十岁时，子女们一个接一个地盖起或买了新房。每个子女在自己的家里，都不约而同地给母亲留一间房，留一张床。床的款式不同，材质各异，但都整洁干净。母亲这家看看，那家摸摸，皱纹笑成了绽放的金菊。

说实在的，我时常想起那张脏、乱、差的母亲床：乳香、尿臭、欢笑、调皮……那些生活的艰辛，都被母性的坚强消融，那些岁月的不堪，在博大的母爱的包容下成了值得回味的故事……

上学记

1978年，4岁的我走进了呈贡二中的大门。不是上学，是因为家里没人带我，只能让在二中上初中的三姐把我带去学校。

二中在马金铺，离我们村大概10多公里。三姐常常是星期六上完上午的课就回家，为了省点住校的开销，也为了帮家里多干点活计。然后在每个星期一凌晨，母亲和三姐都会早早起床。母亲为三姐备好一周必需的咸菜干粮，又从被窝里把还在熟睡的我放在三姐背上，送到村口。

三姐背着我，同村的学伴帮三姐背着书包，学校与村庄之间的行程就再一次开始：你可以听到公鸡报晓，也会碰到游荡在一个个村庄周围的黑狗白狗；在穿过河埂上那片坟茔时，可能会碰到忽隐忽现的“鬼火”（磷火）；也会听到脚下冰霜和着枯草尘土“咯吱咯吱”地在你脚下碎裂。皓月、繁星总会在渐渐接近学校时隐去，学校永远在柔软的晨光中微笑。

三姐怕我走丢，把我带进教室。凳子是长条的，我卡在三姐与她的同桌之间，露出小小的脑袋。在那个没想过也不知道幼儿园是什么样的年代，大点儿的孩子带弟弟妹妹上学是很多学校都会发生的事，只要学生的成绩还过得去，坐在教室里的弟弟妹妹也还算乖，老师大多也会睁只眼闭只眼。我一直都很乖，多次出现在各个老师的课堂上，只是在一次音乐课上，我唱得忘乎所以，由于“表现突出”，三姐不敢再把我带进教室。

一个人待在宿舍区是件极其无聊的事。当我掐完了整个秋天宿舍周围草丛里的喇叭花，一朵朵穿在长长的狗尾巴草上，那一年的冬天，也就到了。天一冷，走读的学生也就懒得回家，学校食堂准备的饭菜就不够。三姐让我在天冷的中午，先去食堂排队，这天大的事我却常常因看蚂蚁打架或是玩泥巴而忘掉了。终于有一天，我第一个站到食堂打饭的窗口。开饭了，我的身后排着长长的队。胖胖的食堂师傅说“口缸，饭票!”我没有。师傅说：“下一个!”我红着脸走出那条让我咽了半天口水的队伍，晚到了一会儿的三姐只能远远站在队伍的末尾，等排到她时，饭菜都光了。三姐的舍友都说我有点憨，不会动动脑筋，和后面的人交换一下位置就不至于啥都没有。自己当时真的觉得自己很蠢，很无能。三姐是从来舍不得说我的，姐妹俩啃完一个舍友分给的一个馒头，又冷又饿地熬了半天。

我 6 岁时上学前班，地点是村里的大寺的正殿。正殿很高，很空阔，由于没有窗子，光线只能通过宽旷的大门射进去，里面着实昏暗。曾经供奉的菩萨已不知去向，但被烟火熏黑的柱子、青瓦、横梁总是会让胆小的我们心生敬畏。尤其是在下雨打雷的时候，关于鬼怪神仙的联想，会像雨点一样敲打着神经，你会觉得在黑黑的屋角，或是屋顶的某个缝隙，有双眼睛在盯着你；你也会想起那些恶作剧的男生在讲吊死鬼的故事时故意伸长的舌头，似乎房梁处真有个披头散发的影子。所以，胆小的我从来不敢第一个进教室，也不敢最后一个出教室，迟到早退成了家常便饭。所幸成绩还可以，老师便也听之任之了。

正殿左边的厢房是村里的医务室，我有次感冒了，郭老师就把我抱进这里，村里的杨医生给了 5 分钱的药，前后不到 10 分钟。右边的厢房是供销社，5 分钱一本的课本，2 分钱一块的橡皮……大殿门口台阶两侧分别有条石板，我们把它当成滑梯，经常很迅猛地从上面滑下，一屁股坐在泥地上，屁股跌得生疼，可我们还是把它看成是我们学前班的财产，时常和村里没上学的小孩争得面红耳赤。

7 岁上小学，新的学校建成了，位置在当时的秧田边。那是当时村里最好的建筑。记得在平整场地时，要拆掉一些老房子。正是冬天，虽然冷，但太阳是明晃晃地挂在天上的。我们放学的时候，有人说，新学校那里刨出了很多蛇，大家都过去看，我也鬼使神差跟着去。拆掉的土基碎了一地，硕大的地盘石，已经被刨出土，地面上有几条被锄头挖断的蛇，有红的、也有黑白相间的，最多的是平时水里见到的小水蛇。但在一个没有挪动的石头处，有一堆蛇，五颜六色的蛇，大大小小的蛇，交错在一起，没有四散逃开，只偶尔有一两条慵懒地蠕动一下。我是惊呆了，村里的人估计也很少见到这种情况。所有的施工暂停，没人敢去动那堆蛇。我似乎瞄见一只森冷的眼睛，吓得落荒而逃。据说有人找了村里的老五婶，备了香蜡纸火，胆大的人将那些蛇用铲子将其撮进箩筐里，送到了村头，倒进田野里。从此没见过那些花花绿绿的蛇，村里的人也从未听说谁被蛇咬伤过，不知道它们到了哪里。只是小水蛇仍然会在每个夏天，在沟渠里捉鱼时，吓人一跳。

学校的操场很小，一块方方的水泥地。两个班同时上体育课时，有一个班就得另寻场地。我们在村头的土路上跑过 100 米，也在村里的打谷场上练过俯卧撑。校门口，会有一个老奶奶卖 2 分钱一份的搅搅糖、薄脆，5 分钱一小袋的酸梅粉，还有亮晶晶的玻璃珠、五颜六色的油线（塑料绳）。当村里有了电视，看到电视剧《霍元甲》时，她的小摊子上又多了洋画。男生们一下课，就撅着屁股要么弹玻璃珠，要么拍洋画；女生们喜欢跳绳，用油线编小金鱼、大虾，抓石子。还有一个骑自行车的 40 岁左右的男子也时常在校门口，卖 5 分钱一支的冰棒。这些东西不是每个人都有钱买的，但新村这个地方不缺粮食。于是，卖东西的人就想出了“用粮食交换”的方法，一小碗蚕豆就可以换多少小物件。这样，“嘴馋”“眼馋”的孩子就可以通过去田里捡拾粮食，来换取东西。

白天除了上学，还要帮家里干农活或者煮饭喂猪，正长身体的我，总感觉睡不够，所以经常迟到。我的班主任老师真的很好，不会过多责骂，她让到得早的同学去叫我。我家离学校也就四五分钟的路程，所以经常就可以看见六七个同学约着一起站在我家房前的那眼井边，扯着脖子叫“杨红仙，起来上学了！”声势很是浩大。几次之后，自然再不敢迟到。

书包很小，帆布的，长长的带子挎在肩上，薄薄的两三本书，窄窄的铁皮文具盒里就一两支铅笔。当时的课程安排，好像上午是三节课，下午两节。上课时“小和尚念经——有口无心”，上的什么记不住，但放学蹦跳着跑回家攻打“甑子山”是忘不了的。书包一晃一晃拍打着屁股，文具盒“哐啷啷”奏着乐，那种欢乐至今还在唇角。

那时一、二年级除了语文、数学，就是体育、音乐。到了三年级开始陆续有劳动技术、地理、历史。总之课程不多，作业很少。我们的有些课程会根据老师进行调整。记得一年级时，郭老师病了，她的儿媳妇来代课。在一个灿烂的午后，这个美丽的女子为了让我们知道什么叫“颗粒归仓”，带我们去收获后的稻田里捡谷穗。我们认真地捡稻穗，听她给我们讲故事，采野花编花环，还在田埂上摘了一捧一捧的薄荷嫩尖。

那时的春游，都是在村子周围，要么是滇池边，要么是七星山。老师选个晴朗的春日，带着背好了冷饭包的学生，整理好队伍，走着路唱着歌就出发了。脚力所及，决定我们只能是去这些熟悉得不能再熟悉的地方，但因为要写关于春游的作文或日记，而且春游时可以交换各自带去的咸菜或零食，所以大家春游时还是有了一些认真的态度和期待的眼神。

其实，孩子最喜欢的还是去野炊。老师会找一个有龙潭的地方，这样可以保证生活用水（那时候可没有矿泉水）。一个班30多个孩子，各自从家里带了大米、面条、腌肉、菜薹、洋芋、咸菜……带上锅碗瓢盆，齐刷刷走路奔赴目的地。因为农村的灶都是柴火灶，锅都是直径1米左右的大锅，小锅相应较少，所以老师就以带锅的同学为组长，有几口锅，就分几个小组。到达目的地，男生刨坑挖洞，负责埋锅生火；女生负责找柴火，淘米洗菜，一帮十岁左右的小屁孩儿，忙得热火朝天：一会儿听见这组的菜炒煳了，一会儿捡柴的一个不留神，柴火将炒好的菜扫翻在地；一会儿谁的脸被溅起的油星烫着了；一会儿，谁的指头又受伤了……这些小插曲都会很快平息，根本不用老师出面，因为我们是在做饭，我们要学大人的样子，把我们的肚子整饱。每个组和每个组在竞争，却也在合作：干辣椒、盐巴、油……忘记带了，没事，我给你；饭煮糊了，来我们组吃；我们的腊肉炒蒜薹太香了，没事，大家一起尝……吃饱喝足，老师督促大家收拾洗净，同时要大家检查灶坑，每一个用火的点都要泼上水，确保没有火灾隐患。

不管生活如何拮据，精神一定要充实。我们会学着大人唱花灯，会用蚊帐围成仙女的裙子，也会听着广播学《边疆的泉水》《妹妹找哥泪花流》《外婆的澎湖湾》《牧羊曲》……学校里，会拉二胡吹笛子的李兵老师是每次文艺比赛时的抢手货，每个节目要没有他的伴奏，就只能靠嘴了。流行歌唱得很好的肖丽老师也是很热门。参赛服装，永远只记得都是白衬衣、黑裤子、白球鞋，而且是要到处去借。记得三年级时麻金凤老师给我们8个女生排了个采茶舞，去参加乡里的文艺比赛。采茶要有小背篓，可穷乡僻壤，去哪里找？家里全都是比我们还高的大背篓，而且每家跟每家的还都不一样。没办法，老师收集了全校的字纸篓，选出8只相较比较新的，清洗干净上面的鼻涕口痰，拴了根布条。我们背着字纸篓做的“茶篓”，跳出了个全乡的三等奖。在四年级时，我曾荣幸地被选拔参加呈贡县的“独唱独舞”比赛，曲调是昆明小调《小乖乖》，指导教师是村里的刘翠仙老师，伴奏是李兵老师，衣服是三姐最好的一件粉红的确良，妈妈腰间的围腰，大姐脚上的绣花鞋，拼拼凑凑，没花一分钱，很本土，很淳朴。得了个县里的奖项后，大家都很兴奋，歌唱录音还在村里的大喇叭里播放过。

教室里的桌椅板凳，不知多少人用过。农村孩子手欠，不好好听课时，就在桌子上乱刻乱画，骂老师的，我爱××的、谁谁谁是大坏蛋的痕迹刻满木头的书桌。学过一篇写鲁迅先生小时候的文章之后，连最乖的学习委员都名正言顺地刻了个“早”字在桌子上。掉了腿的桌椅板凳时常会遇到。印象最深的是电影《少林寺》放映的那一年，我很不幸，遇到了一条掉了一条腿的板凳。板凳腿掉了一只，稳定性自然受到影响，两个人同坐一条凳子，坏的这一头的人坐的时候必然要万分小心，不然板凳就会“舂粑粑”，前后摇晃。我的同桌是个学习不好、调皮捣蛋的男生，每天都是他抢占了好的一头，然后，只要座位一有摇晃，他就嚷嚷。终于有一天，我坐到了好的这一头。可等下早自习上了趟厕所回来，凳子就被他掉了个头。我也不敢吭气，等下了课，趁他出去，我也学着他，把凳子调换过来。这下可捅了“马蜂窝”，他一进教室就叫我起来。周围同学都支持我，我也就硬气地坐着，不成想，他一脚踢飞了板凳，三条腿只剩了两条腿。我幸好有同学拉着，没摔倒。我想想被他欺负了这么长时间，也火了，学着《少林寺》里“呀”的一声，一个助跑冲到讲台上，居高临下一个飞腿，把他踹倒。老师刚好进教室，问了情况，对他又是一番批评。重新找来一条板凳，又给我俩调换了同桌。20 多年后再见到当年的这个同桌，说起这事，不由得大笑。他说他给他儿子讲这事儿，告诉儿子可不要欺负人，因为弱小的女生被惹怒了也可能会是狮子。

小学三年级时，我遇到了我处得最好的朋友叫董丽霞，也是个部队子女，我俩是最聊得来的。一个下午，她邀请我去他们家玩。我们在部队大院里，摘了很多很多的野花，编花环，过家家，玩得很开心。可是她的妈妈来了，“你摘这些花干什么？这么脏，这么臭。”劈手抢过她手里的花扔掉，拖着她就去洗手。我搞不懂，我们都觉得很美的花，她的妈妈怎么就那么反感。我只是觉得，如果我那天不去他们家，董丽霞就不会被妈妈凶了。

小学班里有个同学，留过四次级，大我五岁，个头比老师还高；小学班里有个男生，皮肤很白，长得很帅，是部队子女，操着普通话，学习永远是全年级第一；小学班里唯一比我矮的一个同学叫郭小琴，短跑永远像飞一样！

四年级，董丽霞转学的时候说，会给我写信。三十多年过去，我们却再也不曾联系，可是我脑海里依然有着那张干净、纯洁的脸的清晰印象。董丽霞，你好吗？郭小琴、李纪莲、杨艳丽、李小龙、姚龙、杨波……你们都还好吗？

大悲湾儿

新村由大村、中村、郭家底下、独房子、李家边、姚家边、王家庄等几个部分组成，每个部分紧挨着居住地，都会有菜地、有竹园、有树。村南边，是新村大村。在大村南边，有一块高出水田的红土地，长600多米，最宽处不到100米，最窄处不到30米。这地方，被人叫作“大悲湾儿”。

一条穿村而过的很深的河沟，将“大悲湾儿”这块狭长的地斜斜分成了两份：上边稍宽，种着几十棵柏树，还有七八蓬竹子，显得有些阴森；下边树木稍少，是小块的菜地和3米左右宽的沟埂。新村主要种植水稻，我小的时候，田还属于生产队，大家要通过挣工分，分配劳动所得。这块地方属于自留地，是大多数新村大村人家的菜地。

沟埂高高的，河沟沿儿长满锁莓刺、马桑丛、荨草、哈哈果……由于自留地是私人的，沟埂是大家的，所以沟埂就成了公共的坟地。几十个大大小小的坟包杂乱地散布在沟渠两侧：有的紧挨着路沿儿，有的在一株树下，或一丛竹子边。沟埂下边儿本来就窄，但比较当阳，似乎坟更多一些，一个紧挨着一个，有的感觉已经葬在了路上，大有把沟埂上的那条小路挤掉的势头。

在最南端，也就是大悲湾儿最窄的地方，河沟来了个接近90度的弯转。这里有个向阳的一个小斜坡，斜坡上有一方小小的坟茔，埋着我的一个亲哥哥。他叫喜良，是我们家继大姐二姐之后的第三个孩子。

我很小的时候，在母亲时常的念叨里，牢牢记住了这个素未谋面的哥哥：瘦高个儿，长得子弟，很善良，很老实，很听话，很懂事，也很能干：很小就能找猪草，做饭，还能干点生产队劳作方面的活儿，挣点工分，贴补家用。在他八岁的那个夏天，他在河边给生产队放牛，牛要到河对岸吃庄稼，他死死拽住缰绳制止，被牛拽到了河里，等村里人发现，赶过去时，人已经不成了。至死，手里还死死拽着牛缰绳。

他是家里的长子，是父母的骄傲。突然的死亡，无异于剜去了父母的心肝。得知消息的母亲疯了一般跑去，抱住自己孩子湿漉漉的身体，昏了过去。她总在懊悔：在喜良哥死前半个月，喜良哥在一个很小的水洼里，抓到了一条快有两公斤的鲤鱼，这是个奇怪的事情，应该是个不好的预兆，她应该把那条鱼放生，而不是把那条鱼煮了。我那时候很不理解，这本没有关联的两件事情为什么会被母亲联系到一起，并且为此懊悔不已。按照常理来讲，虽然对于一个八岁的孩子，徒手抓获一条两公斤左右的鱼是非常不易的，但对于一个在滇池边的村庄，这么大的鱼是不难碰到的。喜良哥的死是意外，与母亲、与那条鱼都没有关系。直到自己有了孩子，一碰上孩子生病就赶紧回顾照看流程，反思自己，巴不得替孩子去受罪，我才知道，每个孩子都是母亲的命，确切地说，是远胜于一切。

喜良哥长眠在这个小小的土坡。看到小人书《草原英雄小姐妹》时，我想，他算不算是为保护集体的庄稼而英勇牺牲呢？除了我会这么想，除了母亲会不时地念叨他，我知道，他已经从这个村子永远地消失了，不管当时他经历了什么？不管这家人当时的悲痛是怎样的彻骨。

紧挨着喜良哥那座小小的坟墓的是爷爷的坟墓。他是在20世纪60年代死的，死因是饥饿、疾病和绝望。关于爷爷，沉默的父亲从不提及，我所提到的这些，是母亲嫁过来后听说的：爷爷是个手艺人，以前在城里的皮鞋店当学徒，后来开了自己的小店，再后来，成了五类分子，再后来就没了后来。

杨家的祖坟在红山，离村子有十多里地。据说是杨家的先祖请风水先生看过之后，花钱买下的。那里葬着奶奶、高祖、祖祖……六十岁保本，葬在红山祖坟的，都是经过六十岁这条选拔线筛选过的正常死亡的人。喜良哥不可以葬在祖坟那里，爷爷也不可以葬在祖坟那里。一老一小，在不同的时间，葬在了同一个小坡上。为了不让斜坡上的荒草淹没自己儿子的坟茔，父亲和母亲在挣工分养活一家老小的劳顿之余，用锄头、“洋挖挖”（镐头）刨走杂草灌木，围着两尊坟，开出七八个平方的一小溜地，又在地头种了一蓬竹子。

大悲湾埋下我的爷爷和喜良哥哥，也埋下了那些被淹死、病死、被杀死、生孩子难产死、车碾马踏死、上吊勒脖子死、吃药吞噎死……死法不一的短命的主儿。每尊坟的背后，都曾有过一个肝肠寸断的故事。

因为有过这些故事，听说过这些故事，小时候的我每次到大悲湾儿地里种菜浇水，沿着河沟经过那些坟包时，总是提心吊胆，脑子里总有那些别人嘴里讲述的场面，生怕哪尊坟里真的伸出只手，或跳出个东西来。到得自家地里，却会放下心来，这里有我素未谋面的爷爷和喜良哥哥，他们一定在看着我种地，在保佑着我。

每年冬月，母亲都要早早起来前去上坟。走路往返红山的祖坟，二三十里，归来，已是下午三四点钟。她会嘱咐我端上浆水饭，拿上小孩子喜欢吃的零食和老倌倌爱抽的烟叶、爱喝的茶，和她一起去村头上坟。这五六百米的距离，实在是太近了。

整理掉坟头的杂草，把鼠洞填掉，坟土松了，就抬一些土压实，插上清香，插上坟标，摆上他们喜欢吃的，烧钱化纸，泼浆水饭……母亲一丝不苟，似乎在与另一个世界的他们对话，在替他们整理着装，在让他们品尝他们喜欢的食物。

母亲总会多带一些坟标，让我插到那些没有插上坟标的坟头，似乎在告诉他们，他们没有被忘记，有人还记得他们。母亲在烧钱化纸时也会单独给那些孤魂野鬼烧一些，嘱咐他们安安心心去托生。

不知道是哪尊坟最先葬在大悲湾儿，也不知道是谁给这个地点命名。这个名字总会让我想到"大慈大悲"四个字。《妙法莲花经·譬喻品》是这四个字的出处："大慈大悲，常无懈倦，恒求善事，利益一切……"慈，是用爱护心给予众生以安乐；悲，是用怜悯心解除众生的痛苦。这些生前遭遇了种种苦难、死前历经各种惊惧痛苦的生命，在死后，被安置在离家最近的地方，在亲人的目光里，被注视；在亲人的言语里，被提及；在淡然如水的日子里，被回忆。

愿人间的温暖将饥饿、苦痛、忧愁、惊惧、血腥、愤懑、暴戾……统统化去！来世，一切美好。

老鸹理窝

秋天的打谷场，总是异常的繁忙：田野里所有的稻穗收割后，被集中到这儿；经过一个夏天的休整后，全村的男男女女、老老少少也全都被集中到了这里。农忙农忙，绣女出房。农业是看天吃饭的，秋天的天气又是孩子的脸，说变就变。一年的收成就看这几天，所以，在抢收的事情上，谁也不敢大意，谁也不敢马虎。

男人们忙着把田里割好的稻谷挑到打谷场上，压弯的扁担随着那坚实的步伐一颤一颤地在厚实的肩膀上跳跃。打谷机轰鸣，稻穗在农人们的汗水中被分成稻草、谷粒儿。也有的人家还在习惯“掼谷子”——支好磨得锃亮的掼槽或者掼板，一个八字脚站好，两手用力掐住谷把，高高举起，使劲一摔，“咚”的一声碰撞，谷粒在板子上溅开。

这些都是高强度的力气活儿，孩子们一般都做不了。孩子们顶多给大人们抻抻口袋，拿个扫把扫扫场，送送水或者送晌午。

大人们把稻谷装进口袋，整齐的稻草被捆扎好，堆成草垛，那些草绕子、脚叶子，以及飞出去的零散稻草被用抓耙抓到一起，胡乱地堆放在一边。

大人们有忙不完的活儿，孩子们却早就想着，在这堆乱稻草上翻腾出什么花样。绑个草把打仗，那是男孩子才喜欢的游戏，而且玩不了多久，就有人哭着喊着，不是摔了大跟头，就是打着打着仗，变成真正打架了。

“老鸹理窝”是四狗、二气、喜囡、凤琴都喜欢的游戏，他们各自在乱草堆上划出自己的一块领地，在两脚间聚拢一小把稻草，两脚紧紧夹住，然后一边喊着“老鸹老鸹理个窝”，一边旋转身体，不停地原地跳跃。脚下的乱稻草也随着身体的旋转而旋转，像漩涡一样。脚下的草越聚越多，直到你再也跳不动为止。然后看看谁理的窝最大、最深。“老鸹理窝”凭的是你能把草最大限度聚集到脚下的本事，拼的是耐力，所以这个游戏玩的时间最长。

喜囡长得瘦小，玩这个游戏总是她垫底。她不是理着理着，草聚不拢，断了，就是自己理的速度太慢，旁边的二气理得又快又大，窝都旋转到喜囡的地盘，她就被旋倒了。大家哈哈地笑着，她也哈哈地笑着，真开心。

可是，今年的打谷场不那么热闹了。二气跟着他的爸爸到大城市打工去了，四狗、凤琴到中心小学上学，吃住都在学校。

打谷场上有很大很大一堆乱稻草，柔软得像云朵，夕阳把它们镀上了一层金粉，亮闪闪地发着光。喜囡跳进乱草堆里，在两脚间熟练地理了把草。“老鸹老鸹理个窝”，喜囡习惯性地喊了一句，就再也不喊了，闷着头，使劲地带着脚下的稻草旋转，跳跃，旋转，像一个不知疲倦的陀螺。

这是喜囡理过的最大、最漂亮的窝。窝很深，稻草也很整齐，周围还有一圈旋转出来的纹路，像开屏的孔雀的尾巴。如果要是比赛，这个窝一定会是最好的。比四狗、二气、凤琴他们理得都要好。可是，这时候的他们都在干什么呢？

喜囡跳不动了，坐在她理好的窝里，大口大口地喘着气。几只老鸹从天边飞来，伸长脖子“呱——呱——”地叫着。倦鸟归巢，它们要回窝里睡觉去了。老鸹会不会也像她和四狗、二气、凤琴一样，跳着，旋转着理自己的窝？

星星出来了。劳累了一天的妈妈，来到打谷场，从稻草堆里抱起睡着了的喜囡。那个完美的窝静静地躺在打谷场上，像无邪的眼睛，注视着夜空。

牛屎拱拱

凤琴打开牛圈门，牵出了那条和她一起长大的水牛——大黑。她九岁，大黑也是九岁。九岁的凤琴还是个小孩子，九岁的大黑却已经是壮年：一对弯弯的犄角，如拉开的雕弓，饱满有力；灰黑色的肌肤；黑毛如绸缎一般在晨辉里闪闪发亮；四条柱子般粗壮的腿，强健有力；轮廓分明的肌肉随着沉着笃定的步伐微微颤抖，似乎有无尽的力量正蓄势待发。

大黑轻轻地摆了摆头，脖子上的牛铃清脆地响了几声。这是大黑在撒娇呢。凤琴用她的小手轻轻地拍了拍大黑的嘴角。大黑水汪汪的一对大眼睛正看着她，似乎在说，坐到我的背上吧。

凤琴可心疼大黑了。水牛是农村人的命根子。一年中，拉车、犁地，都是些苦活儿。昨天，大黑套着犁铧，在火辣辣的太阳下犁了一天的地，爸爸累得直喊腰疼。大黑不会说话，但凤琴知道，它一定也很累。凤琴冲着大黑微笑着眨眨眼，轻轻地拉了拉牛绳，他们便一前一后朝村头走去。

水田里，新插下的秧苗一行接着一行，像梳子的梳齿，整齐有致地铺排着初夏的嫩绿。氤氲的水气簇拥着一栋新建起来的三层高的小楼，把村子里的草房、瓦房逊成了丑丑的矮个子。这是到城里上学去的四狗的家。四狗的爸爸妈妈是村里最早到城里打工的，后来又做起了生意。原以为四狗家的房子盖起来，四狗就回来了，可是，两年了，凤琴和四狗只见过两次面。

大黑不紧不慢地走着。牛铃“丁零当啷”“丁零当啷”从村里摇曳到了五里外的一个小山坡上。山坡上长着青青绿草，各色各样的野花。从这里看村子，一切都无比玲玲精致，像一幅画。凤琴松开牛绳，从背上的小包里拿出一块塑料布铺好，又拿出周末的作业。大黑识趣地在不远的地方安静地吃草。它知道它的小主人需要安静地做作业，看书，去打开她心底的另一个世界。

“凤琴，凤琴！可找到你了！”一个气喘吁吁的声音把凤琴吓了一跳。

“四狗！你回来了？”

“我家买了辆新车，昨天早上我爸拉着我们一家从城里回来，走高速，5个小时就到了。”

“哇，真了不起！”

两个小伙伴很久不见，有着说不完的话。大黑“哞”了一声，像是跟四狗打招呼。四狗放下手里的小桶小铲子，跑到了大黑旁边。没想到大黑一点也不给面子，“噼里啪啦”拉出了一堆牛屎。

“高高山上有盘磨，放牛娃娃不敢坐——打一物”，想到关于牛屎的一个谜语，凤琴笑得眼泪都出来了。

“你别笑，我跑这里找你，还真与这牛屎有关。”

“啥？”凤琴瞪大了眼睛。

“学校里要求要观察一种有趣的昆虫。我就想起了小时候最爱玩的牛屎拱拱。你看，还查了些资料呢。资料上，牛屎拱拱的学名叫屎壳郎。”

屎壳郎？牛屎拱拱叫屎壳郎？想想一年级时，四狗是班上的倒数第一，再看看小桶里那几张印有文字的资料。凤琴想，四狗自从去了城里还真不一样了。

四狗撅着屁股，瞪大眼睛在草地上找着牛屎拱拱，不时用小铲子使劲地刨。凤琴才不这样捉牛屎拱拱呢。牛屎拱拱在土里藏得深，不好找。铲子又不长眼，有可能就铲死或铲伤了它。她提上小桶，从不远处的河里提来了一桶水。一堆一堆的牛粪干湿不一。牛粪旁边，有着被牛屎拱拱打洞掏出来的红土，松松的，和黑黑的牛粪形成强烈的对比。

牛屎拱拱就住在牛粪下面的土壤里。这些牛屎拱拱披着一身黑色的盔甲，像古代的武士。头不大，但有的会在头顶上长出一个凸起的角，看着更加威武。小伙伴们把这种长角的叫作大将军。天气晴朗的日子，一只只牛屎拱拱会从土里钻出来，滚着一个个比它们的身体大几倍的圆圆的粪球，在山坡上玩滚粪球竞赛。一旦有人和动物靠近，它们便急忙躲进洞里，瞬间没了踪影。

因为放牛的缘故，凤琴是捉牛屎拱拱的高手。她观察了一下浮土，确定这是一个住着牛屎拱拱的洞，不是一个空穴，就找到洞口，缓缓将水灌进洞里。不一会儿，洞口有了动静，一个黑黑的小脑袋钻了出来：哇，运气真好，是个长角的大将军！趁着大将军被水呛得晕晕乎乎，凤琴赶紧将它捉住。

四狗捉到了两只，但都不是大将军。他已经把它们拴到了一根白线的两端，还给它们分别取名叫牛大、牛二。牛大、牛二被放在一块平坦的地上，它们将要进行一场力量角逐的“拉力赛”。

“牛大加油！”

“牛二加油！”

牛大、牛二朝着各自的方向奋力爬行。四狗和凤琴使劲喊着，心弦绷得和牛大、牛二身上拴着的线一样紧。

突然，四狗被人揪着耳朵提了起来！“四狗，你是要气死妈妈！你看看你，脏得就跟牛屎拱拱一样！我让你再刨这些脏东西！我让你再刨这些脏东西……”

这个画着眉毛、涂着口红、烫着黄色卷发的女人，像极了“愤怒的小鸟”。她尖厉地咆哮着，两只牛屎拱拱被踩在她的高跟鞋底下。

凤琴呆住了。这是四狗的妈妈吗？她的好脾气去哪儿啦？她的麻花辫去哪儿了？她不认识凤琴了吗……城市真是个奇妙的地方，牛屎拱拱叫作屎壳郎，名字变了，但习性没变；四狗的妈妈还叫作四狗的妈妈，名字没变，但却变得不认识了。

“你不在家做作业，你偷偷跑出来和这些野孩子混，你是不想考初中、考高中、考大学了……”

四狗像只斗败的公鸡，被她的妈妈逮到了路上的一辆小轿车里。不一会儿，轿车掀起一股黄灰，四狗就彻底不见了踪影。

那两只被踩扁的牛屎拱拱一动不动，它们与大地紧紧贴在一起，永不分离。

风把四狗带来的那份资料掀开：屎壳郎是生态系统里重要的一员，它和蜜蜂一样勤劳……屎壳郎是古埃及的象征，是因为埃及人认为屎壳郎在草原上推着巨大的粪球，就像每天在地平线上升起太阳的上帝一样伟大……

打死救活

“蹲的蹲，站的站，哪边少，哪边赢!”秋后的打谷场上，四狗、二气、凤琴和我围成一圈，正在用我们的方式，选出打死救活这个游戏中负责追人的主。第一次，四狗和凤琴蹲下，我和二气站着，平了。第二次，我和凤琴蹲下，四狗和二气站着，还是平了。第三次，我们刚开口喊“蹲的蹲，站的站”，有人就挤了进来。

这是三老爹在城里的孙女——王美美。她和我同岁，是同一天生的，我是上午生的，她是晚上生的。我比她大，她嘴甜甜地叫我“姐姐”，可我却一点也不喜欢她。她长得白白的，笑起来甜甜的，可是却不会干农活儿，但还特别的黏人。和我一起打猪草，她问这问那，啥都要问，就是不干活！一会儿去采一捧野花，一会儿去追蝴蝶，一会儿唱歌，妨碍我找猪草。每个周末和假期，她和她的妈妈就会从城里回来看望三老爹，一回来就带着花花绿绿的糖，一点儿骨气都没有的二气、四狗、凤琴就都被她的糖哄过去了，黏着她。我才不要她的糖呢，那是糖衣炮弹，哼。她还喜欢穿裙子，梳着漂亮的小辫儿，露出白白的手臂。四狗和二气屁颠屁颠儿地给她编花环，用手搭成小轿子，抬着她，恭恭敬敬地叫她公主，还指挥汲着鼻涕头发乱稻草一样皮肤黑黑的我和凤琴给她当丫环。哼，还穿着公主裙，虫子蚊子不叮死你才怪。

此刻，王美美就穿着一条雪白的公主裙站在我旁边。“美美!”“公主!”“太好了！一起玩吧!”一见到美美，四狗和二气两眼放光，巴不得游戏立刻开始。

有了王美美的加入，输赢很快决出。“蹲的蹲，站的站，哪边少，哪边赢”的话音没落，四狗、二气拉着王美美，齐刷刷地蹲了下去。站着的我和凤琴自然而然地伸出右手，揍揍包，以“包、剪、锤”的形式决定输赢。“包、剪、锤!”我们俩同时打开紧紧握着的拳头：凤琴出的是剪，我出的是布，剪子剪布，我输了。

他们四个立刻四处散开，因为被我抓到，他们就“死了”。被我抓到的那个就要被我关在我身后虚设的“死牢”里，等待同伴们突破我的防守，把他救走。我逐个看看他们四个，四狗和二气我从来追不上，凤琴和我实力不相上下，那，只好从王美美入手了。

目标选定，我撒腿朝王美美跑去。王美美早有准备，扭头就跑。

王美美的速度很快，这是我之前所没有预料到的。我转了个弯，跑向左边的四狗，四狗一心想着我不会对他下手，看到我就要来到他面前，吃了一惊，但他反应很快，速度也很快，一眨眼就跑得远远的。我真实的目标并不是他，虚晃一枪为的是麻痹王美美。果然，王美美放松警惕，我出其不意，她成了我的第一个到手猎物。

王美美被我“打死”了，四狗他们就要想办法突破我的防守，来把她救活。有了王美美这个诱饵，我就用不着漫天遍野去追四狗他们，他们会过来的。但是，我也不能马虎，因为，稍不注意，我的猎物也会被救跑的。

四狗围过来了，我出击，他又跑了。凤琴、二气过来了，我迅速出击，他们也跑开了。相持了一会儿，四狗朝着二气、凤琴使了个眼色，三人同时从三个不同的方向迅速包围了过来。我迅速出击，但还是慢了一步，四狗抓住王美美的手，从我身边把她救走了。

没那么容易！我撒开两腿，使出吃奶的力气追了出去。

四狗拉着王美美，速度明显慢了许多。王美美由于被我逮到过，步子有些慌乱。长长的公主裙被风吹得缠绕在腿上。突然，王美美不知是绊到四狗脚上还是踩到了裙子，向前猛地一扑，重重地摔了出去。

王美美趴在地上一动不动，没有任何声响。我们懵了。四狗俯下身，把王美美翻过身躺在她的身上。王美美闭着眼睛，脸色煞白，额角擦破了，微微往外渗着血。不哭，不笑。"王美美该不会死了吧?"二气的乌鸦嘴一开，我和凤琴呜呜地哭了。

王美美死了，是被我害死的！我追她干吗，我干吗要朝死朝死地追她？如果我不追，她就不会跑，就不会摔死了。我原先为什么会不喜欢她呢？其实她真的比我漂亮，比我开朗，比我白，比我讲卫生……她为什么要帮我打猪草，她是城里人，城里是不养猪的，城里人是不用做农活的。她就是应该穿裙子，穿裙子真的很好看。可是，王美美死了。

"哎哟，疼死我了……"正在抹眼泪的我们吓了一跳。王美美睁开了眼，她活过来了！

"美美，你没死，太好了，太好了！"王美美莫名其妙地看着我们，"我只是摔晕了，你们有点常识好不好。"她揉揉额角，"哎呀，出血啦。"凤琴赶紧跑到打谷场边的野地里，采了一把苦蒿的嫩尖，用力揉碎，然后敷在伤口上。

“以后不穿裙子了，这样才不会被绊倒了。”王美美心疼地看看破了个洞的公主裙，揉揉两个擦破了皮的膝盖。“来，我背你回家去吧。不然三老爹会着急的。”我们把王美美扶到四狗背上，一起把她送回了家。

父母知道了这个事儿，少不了骂我们一顿，又急急忙忙兜了几个土鸡蛋送到三老爹家。

又一个周末，王美美来了。仍然甜甜地笑着，额头上的疤已经快看不出来了。她给我们每人一包糖果，说是谢谢大家送来的鸡蛋。

王美美撕了一颗放在我嘴里。好甜呀，甜到了心里！一股水蜜桃的香味萦绕在舌尖。我们互相看着，都甜甜地笑了。

找个粪堆窝

都说“山中出秀女”，大山里的梨花村就有个漂亮的姑娘——春凤。这春凤，大大的眼睛水汪汪，乌黑的辫子粗又长，身材玲珑有致，雪白的肌肤衬得两瓣红唇分外诱人。

老话说得好，姑娘是菜籽命，撒在粪堆窝，就会绿油油；撒在涩红土，就只能又黄又瘦。春凤对此是深以为然的。所以，小时候去了一趟昆明，她就认定城里是粪堆窝，梨花村是涩红土，铁了心要嫁到城里。她到城里当了小保姆，然后托主人家给介绍了一个大自己八岁的城里的工人。“老公大点会心疼人。”春凤笑着对别人说，也是对自己说。只要从此远远离开了像涩红土一样的梨花村，其他的都不重要了。

梨树下的油菜花灿烂地开放，春凤要嫁人了，要离开梨花村了。金凤看着田里地里顶着太阳，脸朝黄土背朝天的小伙伴，心情是无比愉快的。她昂起头，微微翘起嘴角：自己是城里人，再不是乡巴佬了，做狗都是在城门脚下，也才捡得到点油点的骨头啃啃。

春凤做了城里人，丈夫是响当当的工人，自然把头抬得高高的。似乎是怕沾了土气，春凤嫁人后，梨花村回得也少，偶尔碰到村里的熟人，能避开就装作看不见，实在避不开，说话也刻薄。久而久之，村里人和春凤渐渐地就互相忘却了。

梨树下的油菜花又开了，嫁出去二十多年的金凤回村了。她一副四十多岁该有的样子，衣着一般，脸上透着一丝羡慕也有一丝不甘。是呀，谁能想到梨花村这个屙屎不生蛆的地方，会一年比一年好，现在成了昆明的后花园，成了比花园还美丽的地方。

她踏进唐二嫂家的院门：看看，占地近200平方的三层小楼，宽敞明亮，装修高档，这叫一个气派！哪是自己那50平方的职工宿舍可以比的。再看看毛光水滑的唐二嫂家两口子，想想自己那下岗在家一天不出去做事只会斗斗地主的男人，真是人比人，气死人。姑娘是菜籽命，自己就是命不好，撒在了涩红土上。自己的姑娘大了，自己可要好好替她寻个“粪堆窝”。

“二嫂呀，我家金花是你看着长大的，现在在大公司上班，人长得漂亮，做事也稳当。你看，村里有家底殷实的小伙子，给她找一个。”

唐二嫂有些意外：“你当年不是一心要嫁到城里，现在都是城里人了，怎么又让姑娘回来？”

“风水轮流转。三十年河东，三十年河西。听说梨花村马上就有大项目落地，一人能分几十万呢。你知道的，姑娘是菜籽命，我也是希望金花好呀。”

“婚姻大事，是要孩子自己同意的，你别就只盯着眼前，也不问问孩子的意见。”

“金花今天也来看望外婆了，我现在就打个电话给她，让她过来。你也看看。”春凤一面说，一面掏出电话打给女儿，让她赶快过来。

唐二嫂和春凤正东一句西一句地侃着闲话。一个苗条清秀的姑娘走了进来。

“二奶奶好！”

“嗳！”唐二嫂拉长了声调，甜甜地应着。“长成大姑娘了。

刚刚还说呢，在村里给你找个人家。”

金花一听“噗嗤”笑了。“二奶奶，您肯定是听我妈说，姑娘是菜籽命，要给我找个粪堆窝吧?”

“是呢，是呢!”

“二奶奶，妈，我可不想为了那几十万土地款就把我卖了。姑娘是菜籽命那是老话，现在说的都是妇女能顶半边天。嫁人不能改变命运，真正改变命运的是自己。”

二奶奶赞许地看着金花，伸了伸大拇指：“有志气!”

金花接着说道：“妈，你仔细想想，当年您是奔着粪堆窝去的，最终还是没能守住粪堆窝。当年你认为是涩红土的梨花村，在党的政策指导下，在全村人的努力下，真正变成了粪堆窝。所以说，没有永远的粪堆窝。”

“这话说得在理。金凤这孩子有主见。”二奶奶看着金凤，一脸赞许。

“几十万呀，要让你少苦很多年呢……”春凤实在不明白，自己怎么生了这么个犟糟瘟。

“靠山山会倒，靠水水会干。只有靠自己，生活才会越来越好。我不相信什么菜籽命。只要努力学习、工作，不等不靠，把自己变成一个粪堆窝，自力更生，就能长成参天大树。”

听着姑娘的一番话，春风的脸，红了……

住在天上

新昆明建设翻天覆地，藏在小山坳里的刘家庄也搬迁了。

80 岁的花奶奶紧紧跟着女儿，晕晕乎乎坐着电梯到了 15 楼，还没缓过神，女儿就打开 1501 的房门：木质地板泛着暖暖的光泽；墙上是淡黄色的墙纸；白色的客厅柜上，一台快要有花奶奶高的电视霸气十足；明亮的玻璃窗收纳了一屋子的阳光，让米白色的真皮沙发旁边那株发财树显得格外精神。

这就是自己的房子？国家分给的房子？花奶奶揉揉眼睛，看看女儿。女儿笑着说："房子才分下来，我们姐妹就商量好了，一起把这套 160 平方米的装修给您。您看看，满不满意？"

"满意，满意！随便整整就行啦，整这么漂亮，肯定花不少钱，也操不少心。"花奶奶声音洪亮，眼睛笑得弯成了豆芽。辛苦了一辈子，拉扯大六个孩子，着实不易。所幸这些孩子都挺孝顺，而且这些年，党的政策越来越好，日子越过越好，花奶奶也越活越年轻了。

女儿的电话响了，是广州的花老板催要一批鲜花。女儿挂了电话，告诉老妈，自己要先出去一会儿，就走了。花奶奶这间屋子出，那间屋子进，东摸摸，西望望，兴奋得像个过年时候的孩子。

厨房旁边是个卫生间，她住的主卧里也有一大个卫生间。花奶奶不由得皱起了眉头：这茅厕咋个会放在家首？一整还整两个？这在以前，在村子里，谁家会把茅厕放在家里？这茅厕又脏又臭，会坏了自家的风水。要是哪家盖房子的宅基地上有个茅厕坑，是要请师娘做法事之后，才能动工的。

茅厕真的是坏风水的。花奶奶小时候，家门口有两个露天茅厕。那时候，家里穷得揭不开锅，父母经常生病，自己还在解手时，一蹲下，就发黑晕，昏头昏脑掉进粪坑，差点命都没了……花奶奶郁闷地坐在沙发上，寻思，老祖宗留下的规矩怎么都破坏完了，这厕所怎么就进了家呢。不行，她要给孩子们打个电话说说！花奶奶从对襟衣裳的怀窝处掏出老年机，找出儿女们给她设置的号码键，想想，又放下了。唉，儿女们都很忙，现在难说手头正忙呢。再说，全村的人都住小区房了，都过上城里人的生活了。这茅厕家家都有，风水坏了，也不是自己一个家的事情，算了。

肚子有些不舒服。花奶奶推开卫生间的门。小心翼翼坐在那白白的马桶上，却怎么也拉不出来。花奶奶不由得又想起村里的露天茅厕：地上挖个坑，半截土基或大小不一的石头围着土坑垒砌半人高的样子。解个手，要竖直耳朵，听见脚步声，就得咳嗽两声，以示里面有人，不要误入。村里有喜欢开玩笑的人说，解手是“照半身像”，是“唱歌”。反正不管是哪样，解手解得不痛快。

花奶奶坐在马桶上小半天，问题没有解决，肚子却似乎不太难受了。她站了起来，腿没有麻，头也不晕……在露天茅厕蹲这么长时间，腿脚耐不住，头也会晕得厉害。上次大儿子带她检查身体，说她身体啥都正常，就是有点贫血。贫血？小时候，自己曾经掉在粪坑里，应该不是风水问题吧。

花奶奶这么一想，眉头也就舒展开了。眉头舒展开的花奶奶，再看那卫生间，觉得不再那么戳眼睛了。

傍晚时分，孩子们都来了。一大家人，格外热闹。小孙子把花奶奶叫进主卧室的卫生间，手把手教她怎样使用智能马桶。真想不到，这马桶居然还能自动加热，自动冲水，自动清洗……这茅厕都能整成这样，现代人可真聪明。可是，这拉出来的屎、尿，都被水冲走了，就做不成庄稼、蔬菜的肥料了。想想当年，进城淘粪可是要找关系的，一车车的粪水倒进田地里，那庄稼蔬菜就绿油油地生长。

江山易改，本性难移。上了一辈子露天茅厕的花奶奶虽然不会再将卫生间叫成茅厕，但还是不习惯坐马桶。憋了一天，又憋了一天。第三天，花奶奶在卫生间半天不出来，女儿发现不对劲儿，一追问，才知道了花奶奶的糗事，急忙让她吃了助消化的药，又买了瓶开塞露，花奶奶这才彻底轻松了。

想想当年那臭不可闻的茅厕，一边解手，一边还要用手轰开成群结队的苍蝇蚊子，下雨天打伞，晚上打手电筒，点蜡烛，再看看这“不讲风水”的卫生间，屁股下自动加热的暖和的马桶，花奶奶又笑了。

天上飞过一群小鸟，叽叽喳喳地吵得花奶奶抬起头：蓝蓝的天空，金色的太阳，自己仿佛就在天上，一伸手仿佛就能揪块白云下来。花奶奶想，或许，这就是老辈人说的神仙生活吧……

苹果熟时

苹果熟时，记忆使如同苹果的香味儿，钻进鼻孔，浸润了肺脾，也迷蒙了双眼……

那年苹果熟时，月亮如同一个硕大的苹果，发散着银色的凝固成线的香味。在蛐蛐的吟唱里，在青蛙的赞叹中，村庄在被月光镀成了银色。高高矮矮的“泥苹果”在月光里捉迷藏，做游戏，笑声、喊叫声让8月的山村也在颤动。

几个孩子玩累了，肚子有些饿了，正准备回家找吃的，猴精说：“鹿子箐有几棵苹果熟了，可香了。”

大家不由自主地咽了咽口水。猴精说的那块地，在秧田边，不是太远，我时常在外婆家，那几棵苹果树是看见过的。在这个盛产桃子、宝珠梨的村庄，苹果是个稀罕的东西。

猴精大声问：“想不想吃?”

“可是，苹果是别人家的。”凤琴低声回了一句。

猴精不屑地看了一眼：“胆小鬼。”她一拍我的肩膀：“你会跟我一起去，是不是?”

我很怕，可是不想被她说成是胆小鬼，鬼使神差地点了一下头。

“人家外村的都敢去，不怕的就跟我走!”猴精一挥手，所有在村子心里玩闹的小孩全都噤了声，屁颠屁颠地跟着猴精往村口走去。

银灰色的苞谷如同两军阵前的戈矛里三层外三层地围在苹

果树周围。地头的小屋里松明子发出的昏黄的光，飘飘忽忽。

苹果是个迷人的精灵，引诱我们在高高的树下不停地搜寻。我听见有人已经扯下了苹果，便也将手伸进树枝间，摸索着。

狗开始叫了。可该死的猴精还跑到小屋前，爬上了那棵最大的苹果树，寻那两个她早用眼睛“号”下的硕大的红苹果。一杈树枝被她弄断了，狗已在狂吠，看苹果的老头高声呵斥着冲出了小屋。情况紧急！我们“撤”到了另一块苞谷地趴了下去。蚊子迫不及待地把嘴扎进我们的脸上、手上、屁股上吮了起来。

脚步声越来越近。谁也不敢动，任凭蚁子在我们身上一个接一个地堆着“大包”。

脚步声渐远，一个声音轻扣耳膜：“村口山楂树下……”于是，一个个如同困兽逃出苞谷地在高高低低的地埂上狂奔。一个趔趄，我从一米多高的地埂上跌进了烂泥秧田。荷叶梗上的刺毫不犹豫地在我脸上印下血痕。狗还在狂吠，烂泥却紧紧陷住我的两腿。不敢叫，也不敢再乱动。那一刻，我忘了疼，大脑一片空白。

“大黄，大黄回来！”狗心有不甘地又吠了两声，听从主人的呼唤，回去了。我拼命地爬上了地埂，灌满了稀泥的鞋子又湿又滑，我只好将鞋脱下，提在手里，带着一身烂泥朝村子狂奔。

村口山楂树的阴影里，我们在回忆猴精是如何走散的。我看着淡淡的月光，把手伸进沉甸甸的衣袋。我拿出了一个苹果，想把它扔掉，这样猴精死了也不会找我了吧？可苹果真香，我咽了咽唾沫又把它放进了口袋。

“提提嗒嗒”，一串山楂果朝我们打了下来。“猴精！”我们高兴极了。

“接着，我的宝贝!”

一个布袋丢了下来，我们急忙接住，里面是十多个硕大喷香的苹果。

“看着你们逃跑的样子真好笑，竟还有人跑掉了鞋子…”

“看你还笑!”我们一拥而上，刚滑到我们头顶的猴精被拖了下来，挠得她从树荫下笑到月光里……

从此，我们再也没有光顾那园苹果，因为大人们都告诉我们，看苹果园的老头是个退伍老兵，要逮住我们，那可是张飞吃豆芽——小菜一碟。

第三章　人间烟火

在除夕
用纪念熬一锅浓浆
贴一副门神
神荼郁垒
把为害人间的恶鬼
丢去填老虎的肠胃
钟馗
降妖伏魔
尉迟恭与秦叔宝
二目圆睁
不怒自威
杨家将岳家军
保家卫国青史名垂
在除夕
用祝福熬一锅浓浆
贴一副门神
沉淀出中国的门神
守护人间烟火的门神
见证岁月更迭的门神
护佑清洁平安大吉大利的
门神

在岁月更迭里
在万家团聚时
用新桃将旧符换去
除去一年的污秽
护佑新的一年的美好
欢天喜地喜气洋洋
在除夕
用敬畏熬一锅浓浆
贴一副门神
每一扇
贴着火红门神的门的背后
都有着家的温暖
都生长着鲜活的故事
生命之树
在传统文化滋养下
葳蕤苍翠
贴一副门神吧
让崭新的故事
与中国红一起
发出神圣的光辉

三十晚上的吃法

北方人，三十晚上吃饺子。呈贡人三十晚上吃什么？

三十晚上，甘蔗是必不可少的。甘蔗具有清热解毒、生津止渴、和胃止呕、滋阴润燥等功效，是甜蜜的象征。大年三十，买什么，都不能忘了买甘蔗。除了一饱口福之外，它还有个重要的功能——顶门！准备两根连根带叶，从头到尖都是完整的甘蔗，等三十晚上做完了年三十该完成的所有仪式，关起门来，把这两根甘蔗往门后靠好。甘蔗那红彤彤的皮儿，翠绿的叶子，甜蜜的汁水，预示着来年红火、蓬勃、甜蜜。所以有句俗话叫：甘蔗顶门，从头甜到梢。也有人说是从头甜到脚。反正怎么说，都离不开甜蜜两个字。

甜蜜的还有红糖、白糖、冰糖、水果糖、奶糖、酥心糖、各种糕点、饼子……这些一般都在年前备好了。但甜蜜的八宝饭是要当天现蒸的。甜白酒（醪糟）则是计算着时日，大年三十这天刚刚好捂熟，从青松毛堆里刨出来，兑上凉好的白开水，让它甜得恰到好处的。这些吃法（吃的东西），都是有说法的。糖代表甜蜜的同时，还借其谐音 tang，有搪灾搪难的意思（挡住灾难）。甜白酒则是清清白白，甜蜜长长久久。香甜软糯的八宝饭含义更深：莲子是八宝图中的和合转化而来，象征婚姻和谐和好；桂圆象征团圆；金橘象征吉利；红枣象征早生贵子；蜜樱桃、蜜冬瓜象征甜甜蜜蜜；薏仁米系仙鹤转化而成，象征长寿、高雅、纯洁；瓜子仁是鼓板的变体，象征生活有规律，平安无灾祸；红丝与龙门同色，含有鼓励进取、祝福顺利的意思；绿丝象征长寿。

当然还有几个只有当地才有的特色甜食：叮叮糖、麻脆格、米花。叮叮糖是用大麦的麦芽制作的，白白的，黏黏的。卖叮叮糖的大爷，用一个专门的錾子确定好你要的糖的大小，用个小锤轻轻一敲，这块糖就切下来了。然后再根据需要切小，迅速撒上大米面拌开，否则一会儿它们就又粘在一起了。麻脆格其实不麻，它只是在制作的过程中放了擦细的麻芋（多年的毛芋头），它的形状像一个个小口袋，吃起来酥酥脆脆的。米花，就是用大米或我们当地一种小米（凤尾菜的种子，晒干炒熟时会炸开，很酥很香，常用作甜品的馅料）炒成米花然后熬糖稀，将米花与糖稀拌好，再放根白色或红色的棉线，然后用小盅盅将其团拢成球。待糖稀冷却，便可将其悬挂起来。这样的看着已经很好了，做米花的却偏偏又给它们用黄色或红色做个“福”字或一些简单的图案，这样一点缀，年味儿就越发地浓郁了。

又甜又咸的食物叫甘丝（又叫干笙），字应该怎么写没搞懂，只知道是年前杀猪菜里的一道。甘丝有好几种不同的配方：有用猪肠猪肚切成细丝，配以姜丝、葱丝、豆腐皮丝的；也有不喜欢肠子肚子的那股味道，用肉丝、姜丝做的。但不管怎么做都少不了糖、盐、料酒、八角。料齐了，油要多，在锅里将油烧开，倒入材料，一直炒干，然后连油一起铲起来，放好。这道菜保存得当，可以放很长时间。每次吃饭时舀出一些，或蒸或炒，味道依然很醇正。

过年了，自然要“鱼肉”我们的肠胃。才入冬就打着“年”的旗号，杀年猪，吃年饭，三十晚上，旧的一年到了头，新的一年即将开启，所以承前启后的除夕年夜饭，那是相当的丰盛。天上飞的、地上跑的、水里游的、飞禽走兽、生猛海鲜，蒸炸煮炒凉拌……各家餐桌因人而异，但鱼都是不可少的，年年有余，吉利！

必不可少的还有这几个蔬菜：青白、苦菜、甜萝卜，芹菜、茴香、水豆腐。为啥？有寓意呀！青为青蒜苗，谐音“清算”——年终，对已过去的一年进行盘点，对新的一年有个清晰的打算。绿油油的苦菜，才从地里砍回来的大白菜、雪白的萝卜真的是最佳拍档，三者合在一起一锅煮了，那是清清白白，淡爽平实，岁月静好。白菜不切，称为“长白菜”，意思是百财常有，长（带）发财。茴香有味儿，顺气，香香甜甜，神清气爽，过日子讲究个平心静气；也有“回想”当年，不忘来时路的意思。芹菜不是芹菜，是“勤菜”，新的一年了，千万别懒，脚勤手快，日子才“有菜”。豆腐就不用说了，吃豆腐那多容易，多简单呀，做事情如此，那多美好呀，但不是让你新的一年吃别人“豆腐”，千万别想歪了。

大年初一的禁忌

忙忙碌碌了这么多日子，大年初一终于在除夕震耳欲聋的鞭炮声中，在漫天绚烂的礼花中，在零点敲响的钟声里，闪亮登场了。新的一年要有个新的开始。因此，大年初一的禁忌也是最多的。

一忌懒。呈贡有句俗话叫作："不怕慢，就怕站"。你笨、你慢都不怕，只要你不闲着，坚持努力，终归是饿不着的。怕就怕你懒，站那儿抱着手不动。一懒毁一生呀。所以，大年初一，家家户户似乎在比赛谁家起得早，村子里凌晨两三点各家的窗子就陆续透出了灯光。早起的人们先洗脸梳头，然后进到厨房蒸年糕。年糕一熟，便财门大开，焚香化纸，拜天拜地拜各路尊神，放开门爆竹。这开门爆竹远远近近、陆陆续续地响着，谁也不甘示弱：谁的梦想不美好？谁的决心不坚定？美好生活新开始，加油加油！

二忌馋。大年初一，不能杀生，大刀、小刀、剪刀、指甲刀、水果刀统统禁止使用。不但不能伤害一切有生命的东西，连生的菜蔬都不能切，也不能煮、炒。说的是这样一来新的一年就能避开血光之灾；说的是要心怀仁慈，不能伤害性命，不能吃荤。于是，全家吃素，锅灶全都认认真真擦拭去油渍。年糕，咸菜，白米饭，炸荞丝、米干、洋芋片，与除夕宴的丰盛形成强烈对比！想想头天晚上还磨刀霍霍，今朝就放下屠刀……人呐，真是个矛盾体。

三忌胡言乱语。初一前的卫生大扫除已经让每个家庭干净得一尘不染，经得起最挑剔的卫生检查团的检查考核。所以，初一是不许扫地的，怕把财气、福气、喜气扫出去了。环境卫生过关了，语言和行动也必须得净化、规范！打架骂人严格禁止，大人孩子全都必须讲吉利话，那些诅咒的词语死呀、烂呀、屎呀统统不许说出口。古人治理语言卫生最管用的一招：传说大年初一你所说的每一句话，都会在新的一年里，全部应验在你身上。于是大家统一面带笑容，齐刷刷全讲吉利话！这是喜庆祥和的一天！相互祝福的一天！那些平时脏话连篇的人，硬生生憋着，估计有些难受。

四忌穷。这一天，破破烂烂的，脏兮兮的，全不见踪影。男男女女老老少少全都把自己最新的、最美的、最舍不得的、最时髦的衣物穿戴起来。新噜噜、齐整整，精神抖擞。小孩拜年，一张口，吉利话一说，一个红包！孩子调皮捣蛋，不能骂，就威胁他：还想不想要红包？穷够了，穷怕了，大年初一，咱，有钱！

五忌浪费。水是生命之源，大年初一，水是最不能抛洒（浪费）的。地上不能有水渍，不能洗澡、洗头；洗脸刷牙洗脚，这些必须要使用的水，用完了找个桶或大盆装着，大年初二才能倒；杯子里、碗里的水要喝干净！还有一股水也要管好，那就是钱！虽说这一天，大家衣着齐整、头脸光鲜，红包漫天，颇像大款，但钱是不能花滴。因为老辈人讲了，今天把钱浪费了，这一年你就受穷。你花钱如流水，你就穷得叮当响……

大年初一的禁忌多多，每一个禁忌都是对家庭成员的行为进行规范，对新的一年的规划、祝福。为了一年，忍受一天！忍住，千万忍住！

孩子们可忍不住。一年到头，好不容易有一天，大人不能打不能骂，还有红包拿，多开心呀。不过为了红包和新衣裳，大人面前还是要装乖宝宝的。但是，一背过大人，就放了野马：该跳的跳，该闹的闹，冰糖葫芦、零嘴雪糕、买气球、吹泡泡……大人们只好低声念叨一句：童言无忌百无忌！一笑而过。

灯里的过年时光

对于劳碌了一年的农人们来讲，过年这段时间最是惬意。在干干净净的环境中，在喜气洋洋的氛围里，什么事儿都先放朝一边，每天好吃好在，优哉游哉。男人们可以消消停停地去茶铺蹲一整天，喝喝大碗茶，打打小麻将，摆古论今，纵横天下；女人们，除了大年初一不动针线（据说会针尖对麦芒，顶板），其余几天，都会聚拢在哪家门前，穿针引线，描花绣朵，款一款谁家盘儿大，谁家碗儿小。这么悠闲的时光不“唱灯”？那简直太可怕了。

“过年不唱灯，牛死马遭瘟。”这么疯狂地去爱名叫“唱灯”的戏剧活动的地方，叫呈贡。呈贡人爱灯爱得广，老话说“呈贡七十二村，村村都有灯”；呈贡人爱灯爱得痴，痴得花灯滇戏不分，只要演戏，都习惯性地称之为“唱灯”。

呈贡虽说历史上没有拿皇粮吃公家饭的专业团队，但呈贡人演戏玩灯，从产生至今，一点不缺专业精神。咸丰年间，呈贡的滇戏艺人被邀请到五华山为云南巡抚岑毓英的母亲祝寿，拿到了白花花的赏银。民国十三年，唐继尧亲自破除“花灯不进城”的旧规，特邀以李本忠为棚主的呈贡班子去昆明五华山演出，受到当时有关人士的赞扬。呈贡目前仍然活跃的几支戏剧团队：老年大学花灯队、小莲花花灯团、斗南滇剧爱好者协会，在请专业老师授艺、苦练基本功、挖掘传统剧目、编创新剧等方面，都是花了大力气的。

还没到过年，村村寨寨会根据自己村里的经济情况，村民们的喜好、呼声，提前去都定花灯或滇剧演出团队。省花、省滇、玉溪花灯团、玉溪滇剧团、呈贡的演出团队……有些热门的演出团队甚至头年就被定下了来年演出的时间地点，交了定钱。各村根据演出团队的演出情况，在除夕到正月十六这个时段，排出自己村子唱灯唱戏的时间。快嘴的媳妇将打听到的演出时间分分钟就传了个全村皆知：除夕到大年初二在王家庄，大年初三到初六在吴家营，正月十四到十六在自己的村里……到那个时候，你就看见中老年人三五成群地邀约着，端着条板凳或者拎着个草墩，穿梭在各村的戏台之间。

演出以大年初一到初三最为集中，往往几个村，几个戏剧团队同时开演。戏一唱起来，村子就热闹了。自己村、隔壁村的男男女女都到戏台周围集中。虽说现在的年轻人被电视、手机牵着、拴着，老人孩子是观看主力。但一年中，难得有时间有机会，将人凑得这样齐、这样多。卖冰糖葫芦的、卖棉花糖的、卖气球的、削菠萝的、炸洋芋的、卖酸萝卜的、卖豌豆粉木瓜水米凉虾的……一个个像从土里冒出来的蘑菇，撑开把大伞，就做起了生意。

锣鼓一响，演员闪亮登场，大家的游丝（思绪）就被故事情节牵着走了。剧中人物难受，台下的人心疼；剧中人物开心，台下的人开心。有两出戏，一出叫《蟒蛇记》，一出叫《小放羊》，自打我记事，会搬着板凳，提前两天就在戏台下拿着粉笔号地盘认位儿起，一直演到我奔五的年纪，还在不时地演。剧情已经熟到会哼花灯的观众随口就可以来两段，观众们还是认真地看，还是会抹眼泪，还是会在剧中人打莲花落时，不断地有零钱飞到台上。所以有句话叫作：台上的疯子，台下的傻子。

要到正月十六，呈贡的灯才会唱完，年也才算过完。痴痴傻傻地在花灯滇戏里游走半个多月后，呈贡人又要开始续写自己的故事。但故事里的故事，足以让每个人的故事，有更多的色彩、更多的回味。

年俗里的小变化

岁岁守岁，年年过年。祖祖辈辈流传下来的习俗具体有多少年，我说不上来。但要说现在过年有些什么小变化，细心观察就能发现。

门神变萌了。神荼、郁垒，把为害人间的恶鬼，丢去填老虎的肠胃。尉迟恭与秦叔宝，二目圆睁，不怒自威。杨家将和岳家军，把国与家保卫。降妖伏魔，还有魏征和钟馗……这些传统的门神大多威猛、刚毅，背后承载着许多的故事。但随着电影电视的推广，20 世纪 80 年代，一些电影如《刘三姐》《天仙配》《庐山恋》《少林寺》的剧照，被贴到了灶房门上、猪圈门上。正房门上，还是日月高悬，门神威武。到 20 世纪 90 年代末，“福到了”的说法一普及，呈贡农村也开始倒贴“福”字了。曾经还有个生意人写了个“钱”字，参考“福”字倒贴，本意是“钱到了”，却被理解成“倒贴钱”，闹了个笑话。

前几年流行身着传统服饰鞠躬作揖的金童玉女，双面的，非常适合贴在玻璃门上。这几年，十二生肖轮番登场，卡通形象，捧着元宝的，开着飞机的，绒面的、烫金的，立体的、凹凸的……形式多样、材质多样、造型多样，一个比一个漂亮，一年比一年更萌。

植树代替了砍伐。云南松又叫青松，松针长长，四季常青，代表着坚强不屈、不怕困难的精神，同时也有清洁平安、万古长青、长寿的寓意。过去的春节，老辈人总要在地上铺一层青松毛（松针），然后在正门正对着的天井的或门口的位置，插上一枝葱葱郁郁、生机蓬勃的松枝，名曰：地蓬松。这个位置是要上香、祭拜田地的。松枝插在这么重要的位置，自然承载着人们太多期许。于是山区的人们一到春节前三四天，就拿着麻袋去山上钳（扯）青松毛，砍松树枝、折山茶花，然后背到龙街卖。本来，给松树去掉侧枝，剔去一些松针倒也不影响松树生长，可利益驱使下，有人会将松树的正头也砍了，这就对山林造成了损坏。那时山区挣钱不易，所以这件又苦又累的活儿，有不少人在干。改革开放让呈贡城乡日新月异。当年的鱼米之乡、蔬菜之乡已经逐步成了世界花都。山区人民的生活大变样。上山砍松枝、钳松毛的事情已经很少有人做了，松枝的价格节节上升。种植花卉的人们嗅到了这里面的商机，在大棚里种起了云南松。一棵棵小松树昂首挺拔，生机勃勃，不用担心买早了，松枝干成了烧柴；也不用担心哪棵小树又被砍掉。所以，盆栽云南松一面市就深受欢迎。几十元买一盆，一年四季都是绿的。如果家有山地的，六七月间，雨水好的时候栽下，不消几年就成材了。卖松枝的山里人变成了买松树的，砍树变成植树，这个习俗改得真好。

过年更美了。过年在家堂上供一把山茶花的习俗，在呈贡也在改变。大花蕙兰、牡丹、红掌、仙客来等盆栽花卉，花形各异，花色艳丽，成了新年新宠；香水百合、天堂鸟、玫瑰、香雪兰、郁金香……千姿百态，五颜六色，让人爱不释手。买一束来自山野的山茶花，人们更多是一种仪式感、一种情怀。

年俗的小变化还有很多：冷藏让曾经没法儿较长时间存放的呈贡特产宝珠梨成了走亲访友的年礼；舞蹈、乐器、声乐等各类培训的普及，春晚的助推，村民自己登台表演的各个村子自己的综艺春晚纷纷亮相；出门旅游过大年悄然成风……

在这个飞速奔跑的时代，在这个信息沟通、文化交流便捷、频繁的时代，我们不可能一成不变。在变化里，让我们记住年俗的传统仪式，坚守对至善至美的追求，记住生养我们的土地上那些年俗里说不完的故事、品不尽的味道。千变万变，情不变，年年过年，年年情牵。好好过个家乡的年……

春粑粑

云南十八怪，粑粑叫饵块。云南人舂粑粑，舂的不是小麦面粉做的饼子，而是用大米做的饵块和用糯米做的糍粑。

每年春节前半个月左右，呈贡的村庄都沉浸在幸福、祥和的氛围里。村里人面带憧憬，眼含笑意，忙着打扫卫生，清洗被褥，忙着杀年猪，忙着准备过年的各种必备物品：鞭炮、香蜡纸烛、对联门神，忙着做米花糖、叮叮糖、麻脆格，忙着腌萝卜腌芥菜腌鲊，忙着炒蚕豆炒瓜子炸包谷花，最少不了的就是舂粑粑。

头天晚上，母亲会把舂粑粑的米捡拾干净，认真淘洗，然后在一口大大的瓦缸里浸泡。第二天一大早，母亲早早将青石碓窝里里外外清洗干净，又将木掽子或者木棒头认认真真确认过结实、牢靠、干净，就让它们在晨风中晾着，自己围着青砖土灶生火烧水。水，是门前老井里挑来的水。村里人总会在水井周围栽种竹子，这样的水经过竹林的净化，甘甜清冽，村里人称“竹根水”。

炊烟起，水气也开始氤氲。母亲将攀枝花木的甑子端端正正放在一尺八的大锅上，铺上雪白的甑帕，将泡好的米滤干水，倒进甑子，盖上草锅盖。这是俗称的“蒸生”。这种蒸米饭的方法，需要不时地给米饭洒水——锅里水开，蒸汽从被泡得雪白饱满的米粒中穿行而过，被草锅盖拢着，聚在甑子上层，闷热甑子里攀枝花木的香、大米的香、编织草锅盖的茅草的香，被水蒸气搅和在一起，密密地堆叠着累积着，直到穿破圆锥形的草锅盖的最高点，把气味发散到厨房的每个角落（俗称“上汽”）。这时就揭开草锅盖，用长筷子或木铲、木勺将已经快熟的米粒撬开，左手端一大瓢冷水，右手抄水迅速朝上面洒，边洒边拌，待水洒匀，甑子里的蒸汽也落下去了。这时又盖起草锅盖，接着蒸。待再次“上汽”，又重复刚才洒水的动作。如此反复三四次，米饭已蒸至想要的黏度、软度，就可以起锅了。

还有一种蒸饭的方式，叫“蒸熟”，就是日常蒸饭的蒸法：将锅中的水烧开，将泡好的米沥干水，倒进锅中煮，待米煮透心，用手可以捏得开，就可以舀到竹子编制的筲箕中，沥干米汤，然后倒进铺好甑帕的甑子中，用筷子摊平，再用筷子在饭中戳几个气眼，盖上草锅盖，大火蒸就可以啦。

“蒸生”在蒸的过程中相对麻烦，但容易掌握米饭的软硬程度。“蒸熟”虽然蒸的过程相对轻松，但煮的过程是必须认真对待的，因为煮得过头了，就会导致“软饭”，饵块就不易成型，而且摆放时间不长；煮得不到位，又会导致饭太硬，这时，也需要按“蒸生”的流程进行洒水处理。这或许是“过犹不及”这个成语的最佳注解。

饭一蒸好就赶紧趁热倒进碓窝里。碓窝也分两种。埋到地下的，称为“脚碓”，与这种碓窝相对应的“挞子”是很结实粗壮的圆木头，长长的木头连着挞子，木头中间有个支撑，人在这头，挞子在那头，舂的时候，有点像玩跷跷板。脚碓规模大，适合舂数量多的东西，一个村也就一两个。放在地面上的石碓窝就比较普遍，村子里几乎随处可见。碓窝有青石的、大理石的、普通石头材质的，方方正正，由于使用频率、打造时的设计等原因，洼陷程度深浅不一。与之相对应的有棒头、挞子，材质有木头的、石头的，甚至还有铁的。但无一例外，都是光滑圆实的。

饭粒儿在碓窝与挝子一次一次的对撞中，被砸得柔软黏糯，最后成了紧紧抱在一起面团。这时，把它从碓窝里抱出来，放在擦了油的大理石案板上用力揉，揉得光滑顺溜时，把它分成一千克左右的一团，用光滑的木板来回揉搓，做成一个个小枕头的模样。

刚做出来的饵块热乎乎的，很柔软，很细腻，像一个个粉雕玉琢的小婴儿，蛮嘟嘟（胖乎乎）的，让人抱起就不想撒手。每一家在做饵块的最后，都会留一点面团，把它做成圆圆的小饼子，或者大象、老鼠、小狗的模样。小时候，我对之前的所有环节都希望是快进或者删除模式，唯有对做小动物的环节是最有兴趣的，屏声静气看着面团被搓揉造型，被用剪子剪出耳朵、尾巴的雏形，被捏得活灵活现，最后用火柴的红色火柴头或者用两颗高粱做成眼睛，那种喜悦就是朝思暮想的玩具、美食终于到手的满足！只不过，期待一年终于到手的饵块小象、小老鼠，不用半天时间就被黑乎乎的小手印盖住了原本雪白的颜色。虽然它们和普通饵块的味道没任何差别，可在烤这些造型的饵块时，总感觉有异香萦绕。

等到饵块放凉，就用干净的布包裹着放个一两天，然后把水缸放上井水，将饵块一个个放进去，用水给饵块保鲜。隔天一换水，如果饵块用的米质地上乘，蒸饭、舂制、放凉的环节完美，饵块能完整保存将近一个月。但这些环节只要哪一个没有掌控好，饵块就会被泡散了架，或者长出些红红绿绿的霉斑。

饵块的吃法多样，最便捷的就是切成大片，烧火的时候，直接放进锅洞里烤，被柴草烟熏后，灰扑扑的，甚至还糊得不忍目睹，但我总觉得这样做出来的饵块是最率性的。最常见的是切成粑粑丝儿，放进水里煮，或者蒸出来，配以一碗酸菜汤，或一碗红糖水，既可以当早点，也可以佐三餐。最愉快的是，将饵块切成细丝或者薄片，晒干，等炸苞谷花的人挑着机器来，就拿着柴和炭，一阵雷鸣轰响，粑粑片儿、粑粑丝儿被炸得泡泡的、香香脆脆的，这可是 20 世纪 90 年代前小朋友们零嘴中的极品！那滋味和口感是苞谷花、米花所无法比拟的。最奢侈的是将饵块切成 3 厘米见方的极薄的小片，配以火腿、豆尖、野生菌、玉兰片，加上上等甜酱油、咸酱油炒制出来，那滋味的确让人“吃了还想舔鼻子”。

后来，舂粑粑不用碓窝了，而是用机器代替，舂出的粑粑就少了那些舂制环节中的差异所产生出来的不同的故事，似乎也就少了很多回味。再后来，农贸市场、大型超市……天天都有饵块出现，饵块的期待值就没了，味道就愈加寡淡。有聪明的商家，在春节前推出包装精美的造型饵块：“连年有余”“招财进宝”……仪式感有了，那份纯真、那份发自内心的愉悦却再也找不着了。

呈贡的端午节

我的家乡，在美丽的彩云之南。这里，有延绵不绝的群山，灿若星辰的高原湖泊，四季如春的气候，争奇斗艳的鲜花，和谐共处的 26 个民族……

独特的气候、地理环境孕育了家乡颇具特色的民风民俗。除了大家耳熟能详的“云南十八怪”，家乡的节庆也是很有特点的。下面，我就给大家说我的家乡——呈贡农村传统的端午节。

收割完小麦、蚕豆、油菜，新插下的秧苗、种下的苞谷泛起新绿，农历五月初五端午节就来了。农忙之后难得的闲暇，又刚刚有了小春作物满满的收获，村里人提前四五天就开始为端午节做准备：新收上来的麦子还散发着原野的芬芳，就在村头的磨坊变身成了雪白的面粉；王老二家的油坊里，拿着菜籽来榨油的婶婶奶奶，一边绣着鞋垫儿，一边侃着家长里短，油榨里缓缓流出的菜籽油金黄透亮；上个月还在枝头招摇的蚕豆们，此刻正躺在瓦盆、土缸里，吸足水分，变成大胖子，然后萌芽成一颗颗带着甜味的芽豆。

随着端午节的临近，村里的女人们会和面搓麻花，在锅里倒上菜籽油，灶膛里塞满柴火，等锅里的油沸腾时，把搓好的软软的雪白的麻花小心翼翼放下油锅，不时地翻动，麻花在锅里长大，变成金黄色时，就可以起锅了。村里的男人们到菜地里刨大蒜，捎带着割回几棵带根的艾蒿和菖蒲。孩子们的手腕、脚腕缠上五色的棉纱线，母亲会告诉你，那叫百索。端午以后就进入雨季，植物疯长，蛇蝎毒虫横行，戴上百索，蜈蚣蛇蝎就不敢来扰身了。

端午节这天，母亲们早早起来，把宝剑一样的菖蒲、散发药香的艾蒿挂在大门、灶房门的两侧，焚香祭拜。然后打来清凉凉的井水，把带皮的大蒜、鸡蛋、鸭蛋、出了芽的蚕豆一锅煮熟。等孩子们起床，会在他们额头点一颗雄黄“美人痣”。孩子们吃着热腾腾的豆子时，母亲们洗锅烧水，放进红糖，煮糖煮鸡蛋，煮糖水麻花。红糖红糖，搪（挡）灾搪（挡）难，一年四季太太平平。

端午节这天，吃得五饱六足的孩子们，揣着煮熟的土鸡蛋，三五成群聚在一起，比谁家的麻花好吃，谁家的鸡蛋个大。隔三岔五崩出个大蒜味的、蚕豆味的、麻花味的、鸡蛋味的屁，孩子们便开心地大笑：排出臭气，身体康泰。

丰收的成果也会让所有的大人们沉醉，连平时滴酒不沾的、禁酒的，此刻也要喝一口雄黄酒，压邪攘灾、祈福纳祥。

端午节里，是满满的祝愿与感恩：感恩每一分收获，期待金秋的丰满，祈祷清吉平安，盛世千秋！

茶铺余烟

曾经，呈贡的每个村庄都有茶铺。

炭火通红的炉子，烟火熏黑的茶壶，油光铮亮的木板凳，盛水的石缸，舀水的木瓢，竹编的火扇儿，凑火的火钳，掏火的火勾，大洋碗、小口缸、搪瓷保温水壶、四方桌、水烟筒……老茶铺简陋而温暖。

老呈贡的历史曾经流淌在大碗茶里。

茶铺，是一个村的会客厅。村里的、四邻八乡的老倌、小伙，只要一有空，就往茶铺里一坐，很阔气地丢给老板娘几文茶钱，水一喝下去，话就冲泡出来了，熟络也就冲泡出来了。冲瞌睡，看报纸，可以畅谈国家大事，讲讲祖祖辈辈流传的故事奇闻，款款张家的盆大李家的碗小，或者缩在角落首打点小麻将、打打纸牌……

一般的小茶铺，仅只是喝喝茶，打打麻将。大一点的，如呈贡老县城里的，还会有人讲评书。如果老板、老板娘是个喜欢唱灯唱戏的人，茶铺就很热闹：二胡、月琴、扬琴……不管在不在调上，一律弹得起劲，拉得贼响。“二胡一响，嗓子发痒”，唱的人排着队，不管合得上、合不上乐器，都全情投入，唱得声情并茂，兴致盎然。也有认真的，锣鼓家私齐备，还请了专业演员来撑场，茶客们听到、看到激动处，也会激动地喊几句好。

女人们很少到茶铺里，田头地脑、锅头灶脑、针头线脑，这“三头三脑”是农村妇女贤惠与否的标准。老倌馆蹲茶铺理所当然，老婆娘去茶铺喝茶要被耻笑，冠之以“母滚龙”的称号。但是如果有女人也伙着一起唱灯、唱戏，那么村里的大姑娘小媳妇们也会带上针线去看戏。滇剧锣鼓激昂，花灯小曲悠扬。时常会在同一时间碰撞，居然各自开唱，也不串味串场，各自自得其乐，相得益彰。剪纸的大妈眼睛眯成一条缝，做着猫帽的老奶奶为丝线的配色出彩而眉飞色舞，纳鞋底的小媳妇将棉线扯得颇有气场……难得找个借口进茶铺，手不能闲着，眼睛也不能闲着。

老板娘忙着烧水，忙着给客人续水，忙着将火炉的火生得旺旺的。实在太忙的时候，一不留神就会将手上的烟灰抹在自己的脸上，自己又看不见，顶着一张“花猫脸”，眼尖的茶客，打趣说“老板娘这妆化得不错，咯是要找小伙子去了”，大家便“哈哈”地笑着。

一杯茶反反复复地，从早上冲泡到晚上。一天，真正属于自己的完完整整的一天，就这么慢悠悠地来，又慢悠悠地走。

“据记载，两晋时已有了茶馆。自古以来茶铺是人们休息、消遣和交际的场所，是每个地方风土民俗最集中的，最活生生的体现。”

茶水终有凉了的一天。当广播电视成为信息传递的主渠道，当任何一项营生都足以让茶铺的那三毛、五毛的茶钱汗颜时，茶铺越来越少了。那些曾经如此熟悉的物件，那些在旱烟强烈的熏染中泛着昏黄的记忆，如茶炉里的余烟，从眼前飘散；那些头顶蓝市布挑花帕帕，身穿金绒褂褂……的老妈妈，抬着烟锅的脸上皱纹如山川河流一样恣肆立体的老倌倌，亦如茶碗底底剩下的茶水，终将蒸发尽最后一丝水分，只留一抹茶渍。

逛逛农贸市场

一般人我不告诉他，有个地方，不分淡季旺季，天天爆满；有个地方，不收门票，民风民俗淳厚，热情得让你受不了；这里是吃货的“天堂”，想吃不想吃的全能在这里找到……旅游，尤其是深度旅游，不去这里，您就亏大了！不信请看。

第一，最旺的人间烟火在这里。民以食为天。人生在世，一日三餐，酸甜苦辣，谁也离不了。所以，这里的三百六十五天，天天热热闹闹，熙熙攘攘：饮食男女们带着与生俱来对食物的依赖与渴望，聚集在这里，获取生存下去的食物，吸取人间烟火的热量，感受生而为人的乐趣。“看看生鸡活鸭、鲜鱼水菜，碧绿的黄瓜，通红的辣椒，热热闹闹，挨挨挤挤，让人感到一种生之乐趣。”这话是文学界的美食家汪曾祺先生说的，因为老先生每新到一个地方，必游这里。卖茄子萝卜大白菜的，卖鸡卖鱼卖牛肉羊肉猪肉的，卖包子卤菜烧豆腐的，把天都喊应声的吆喝，天南地北地闲聊，激烈紧张地讨价还价……世间百态，悉数呈现。

第二，这里有古龙大师笔下的励志桥段：《多情剑客无情剑》里，走投无路的剑客铁传甲无意中走到这儿，被市井生活所感动，重新萌发对生活的热爱。是的，这儿是一个既包容却又无比坚强的地方。在这个没有门槛存在的地方：有钱没钱，有文化没文化，健全或是残疾，年老或是年幼，巧舌如簧还是口齿不清……都可以依着这里，顽强地活着。村妇一边称菜，一边收钱，怀里的孩子正贪婪地吸吮母亲的乳汁；八十多岁的老大爷蹬个三轮车来卖菜，精神矍铄，穿着体面；瞎眼的阿婆总是在旁边同行的照顾下，第一个卖完菜……这些卑微的生命，即使阅尽人情冷暖，依然执着地爱着家人，温暖着别人，用艰辛的劳动让自己有尊严地活着。连心如死灰的剑客都能在这里获取重生的力量，所有热爱旅游的人们，您还不去这里溜一圈？

第三，在这里邂逅最醇正的乡音土韵、民风民俗。你去别的地方，所住的民宿，你的店家大多和你一样也是外来的，只不过他先你一步，租了当地人的房子，再从别人身上赚回去；民族村跳民族歌舞的，可能是你身边姑娘小伙儿换了身民族服装；你遇见的微笑有可能是统一训练过的；你的行程有可能一路普通话，满眼熟面孔，你会怀疑，自己旅游了吗？自己在哪旅游？那就到这里来吧。那些让你听不懂，但却无比亲切的方言在这里；那些不加修饰、真实流露的言行举止在这里；那些真正的民族的、活着的、有着自己本民族文化传承的服饰、物件、信仰、习俗都在这里。你看，两个亲热地侃家常的老奶奶，时不时用手扶持快要笑掉的假牙；你看，那家的懒婆娘，肥胖的双手叉在圆滚滚的腰间，嬉笑怒骂；当然了，你可以站在那个卸下一担菜蔬后沉默地抽着旱烟的汉子对面，问问那片山后的烤烟是不是他亲手种下的……这里的每个人都是松弛的状态，没有伪装，不戴假面具。自然流露的神情语言，真实，淳美。你可以靸着个拖鞋，顶着乱蓬蓬的头发，自由地在这儿逛一整天。

第四，在这里体验四季的轮回，体验什么是真正的新鲜，什么是真正的特点。收购、运输、上架……习惯推着小车，在超市购物的你，在超市里的蔬菜上，找不到大自然的露珠。但是，在这里，蔬菜上的露珠或者霜雪，却很普遍。农人们勤劳惯了，早起惯了，也酷爱新鲜自然惯了。他们天还不亮就到地里，踏着晨曦，将大自然的气息和着菜蔬一起挑到这里。将种了准备自己家待贵客吃的，各种当地特有的稀奇古怪的菜品，或者田间地头的野果、野菜也顺便撸了些去：新鲜的木姜子，芬芳的香柳，白嫩的草芽，山林里的马刺根、刺脑包，野生的荠菜、青刺尖、酸多依、锁莓、糯米果、干巴菌、鸡枞、小杂菌……马大爹趁着夜色烧来的葫芦蜂、张大嫫做的豆豉、吴奶奶卤的猪蹄、四狗烤的鱼……这些味道美极了，特色浓浓的东西，除了这里独有，别的地方还真没有。

第五，到这里捡便宜，刷存在感。不少菜品都是农人自己种的，自己卖，产供销一体，没有中间商赚差价，自然便宜。说不定，看您顺眼，白送也是有可能滴。城里物以稀为贵价格高得离谱的野菜山货，是最划算带回炫耀滴，关键是炫耀完了，又可以大快朵颐。当地的土特产，在菜市场，绝对是正宗的，因为本地人是菜市场的消费主力，他们的火眼金睛和对自己本乡本土所生产的物品的熟悉，容不下假冒伪劣。你找个实在的当地人当导购，收获绝对不小。大包小包提着，长一声短一声有人招呼着“下次再来”，得了不少便宜，看了无数张笑脸，还美其名曰：为拉动地方经济做贡献。您看，您不是赚大了？

所以，您如果去一个地方旅游，记得抽空去“这里”转转。“这里”是各地的农贸市场，有的地方叫菜市场，有的地方叫小街子。“这里”不收门票，没有促销，但惊喜总是少不了。您有了惊喜，别忘了通知我一声。

腮敦儿上的腌萝卜片儿

吃红，是我印象最深的添加剂。在 20 世纪 90 年代以前，我们村的零食基本都是晒干的梨片、柿子饼和自家炒得香香的瓜子、炒豆、苞谷花。腌萝卜脆脆的、酸酸的、水水的，既可做下饭菜，又可当零食，最是抢手。谁腌制的酸萝卜受欢迎，谁就会被恭维上几句，在平淡的生活里刷上好几天的存在感。于是，腌萝卜的竞赛里引入了添加剂——“吃红”（我曾问过这个染料是不是该写成赤红，可母亲说，这是可以吃能吃的红色，所以叫吃红）。本来白乍乍的腌萝卜，稍稍放点儿进去，立刻满坛子的水红或玫红，惊艳了素色的生活。

那时候的生活真的很素淡，吃得素淡，穿得素淡，连精神文化生活也很素淡。逢年过节唱的几出戏，就像酸萝卜，酸酸甜甜地让生活有了些嚼头。于是，那时呈贡的花灯、滇戏在每个村都像腌萝卜一样普及，每个村都有几个张口就能脆生生来上一段的戏迷，灯油子。谁的嗓子好，谁的肚才好，谁的扮相好，谁有什么糗事……乡亲们对土生土长的花灯艺人的熟悉与追捧，丝毫不亚于今天的追星族。

唱戏是要化妆的，就像腌萝卜加点“吃红”进去，才能水波波、红艳艳地有一种仪式感。但是，老辈人最是见不得谁搽脂抹粉，长年挂在嘴边的教诲是：好吃不过茶泡饭，好看不过素打扮。而且胭脂花粉是要用钱买的。逗凑班子没经费，好不容易凑点钱，你还得托人去买。在几个村子才有一个剃头匠的年代，村里的供销社能有点百雀羚香脂、痱子粉就已经很了不得了。

平时素淡惯了，从不化妆，一天到晚在田地里忙活的庄稼人，种田有一套，但在化妆这个事情上，那是马尾串豆腐——提不起来。出嫁那天都没化过妆的人，抹个红嘴皮儿，就觉得害羞拉呱呢。在这种化妆原材料严重缺乏的情况下，化出的妆大多是：浓眉大眼，一笑就扑簌簌掉痱子粉的大白脸，腮敦子上红彤彤喜气洋洋的两坨，像极了腌菜罐里才捞出的腌萝卜片儿。

能涂着这两片红红的腌萝卜片儿，证明你好歹也是个角色。抖抖精神上台，把嗓子亮开，把故事讲述……

改革开放的春风把那些腮敦子上涂腌萝卜片儿的日子吹得渐行渐远。我们的孩子已经不知道什么是“吃红”染出的腌萝卜，因为各种各样的零食和水果丰富了我们的生活。当他们偶尔看见爷爷奶奶当年演出的剧照，笑着说红彤彤的那两坨是猴子屁股时，我们一愣：这个不一样的形容，比腌萝卜片更加贴切生动。只是当年的我们，没去过动物园见到过猴子屁股，而当时黑白电视机里的猴子屁股也是黑白的。

街头，美发店、美容院、化妆品店如雨后春笋般冒了出来，扮靓了人们的生活。化妆早已融入生活，成为礼仪的一部分。不会化妆？可以请化妆师，也可以上网，跟着化妆视频自学。

如今的舞台，美轮美奂。LED大屏，酷炫的灯光，清晰的音响……演员们的服装形形色色，各式各样，美不胜收。保湿的、润肤的、卸妆专用的、国外的、国内的，眼影、美瞳、假睫毛……看着这些越来越好的化妆用品描画出一张张精致如瓷娃娃的脸，那些美丽的服装映衬出天仙一般俏丽的妹子，让那些已经老去的艺人们羡慕、感慨：这么美的舞台，这么美的时代，我们赶上了，虽然不是在最美最好的年华，但知足了。

咸菜

关于咸菜，母亲总津津乐道那个关于她的母亲——我的外婆的故事。

外婆出生在落魄的大户人家，见多识广。嫁给忠厚踏实的外公后，生了一堆孩子，最终幸存下四个。外公宠妻爱娃，起早贪黑，一刻不闲；外婆勤俭持家，信佛，从不杀生。一年到头，一家人勤勤苦苦，日子过得紧紧巴巴，所幸尚且和睦。

一天，外公从万溪冲肩挑一担宝珠梨去澄江卖，离集镇还有二里地，瓢泼大雨就下了个没完没了。咬着牙，冒雨挑了梨进了集市，雨把人都堵在了家中，硬是没法儿卖出一个梨。待到傍晚，澄江一名渔民从抚仙湖打鱼归来，渔民和外公二人看看空无一人的街头，无休无止的雨幕，遂以物易物，渔夫担走了宝珠梨，外公挑回了一担乌鱼。外公捡了个大便宜！本是皆大欢喜的事情，可因为这场突如其来的大雨打乱了所有的计划，使得外公被外婆骂得狗血淋头：长途奔走大半夜才挑回家的乌鱼，在外婆眼里，那是满满一挑跳动的生命！尤其乌鱼的样子还特别像外婆敬畏之极的——蛇！怎么办呢？送人吧，看着那一群听见“鱼”就从热被窝里钻出，恨不得抱起一条乌鱼就生吃了的娃娃，满眼对食物的饥渴，想想空荡荡的米缸……外婆的心酸溜溜的。吃吧？这些都是鲜货，今天吃，明天吃，后天就臭了。晒成干鱼吧？谁知道这雨要下多少天？外公捡了便宜的喜悦被骂进了脚底下的雨水里。自己怎么就不看看天，拍拍脑袋，捡这便宜干吗呢？哪怕把那挑梨原封不动再挑回来也比挑回这些个麻烦东西要好——梨，放得住哇。

外婆骂完了，定了定神，念了无数声“阿弥陀佛”，这才嘱咐外公将鱼杀了。外婆翻腾出盐巴花椒辣子面儿姜蒜，找了把大簸箕放在堂屋中，又搬出那块朴树做的砧板。杀好的乌鱼木然地等候它们的判决。外婆左右手各拿一把菜刀，闭上眼，似乎下定了决心，刀子便左右开弓朝乌鱼砍去。“咔嚓嚓嚓”的声音如疾风暴雨，只见乌鱼由条儿变成段儿变成片儿变成丝儿变成末儿。外婆这时给这些鱼末浇上酒，撒上调料，装进酢罐，压实，塞上酢舌头，扑进瓦盆，放上酢水。这个流程一气呵成，行云流水，颇具大家风范！

整整四大罐乌鱼糁！蒸熟之后，鲜香四溢！麻辣中带着肉类的性感，疏松中不用担心鱼刺的困扰。乌鱼糁彻底解了孩子们的馋，也彻底让极少走出山村的女人们长了见识：原来，世间竟然有如此美味的咸菜！原来，乌鱼还有这种另类做法！原来见识如此重要!! 外婆的形象在村里瞬间提升，而外公从此对外婆更是言听计从。

那让母亲至今唇齿留芳回味无穷的乌鱼糁，让母亲彻底爱上了咸菜制作，并乐此不疲。母亲心灵手巧，能吃苦，还会将各式的野菜弄得清新爽口，也会将各种咸菜做成下饭的美味。于是，母亲很忙，忙着自己家的锅灶，忙着教那些不会做饭的婆娘。那些抬着碗来我家挑咸菜的小屁娃娃，前脚才出门，立马就喊着“唐加莲，八门全，烧火煮饭不得闲！唐加莲，八门全，烧火煮饭不得闲……”

幼时的我，喜欢吃母亲做的咸菜，却不喜欢母亲做咸菜。家在农村，姐妹六人，人口众多，温饱压力山大。为了解决一家人的温饱，父母很苦，我们姐妹也比同村同龄的孩子苦得多。母亲总是逼着我们学这学那：打猪草、摘野菜、栽秧、割谷、种地、洗衣、做饭……我们苦累不说，关键那些咸菜都是我们的劳动成果，她居然就一碟一碗地给送出去了！关键，她还有了个“八门全”的外号！而有外号的人在我心里，都不是太好的。

介于母亲对我们从不心慈手软，所有的不满都只敢腹诽。该剥蒜剥蒜，该舂姜舂姜。大冬天，井边的石缸里堆满的苦菜等着我的双手去洗；深夜，一个个红辣椒剁得我泪水直流；每次父亲挂晒酱粑粑，都要我在旁边帮忙传递，一串串用稻草包好的酱粑粑举得我腰酸背痛……

于是等苦菜腌菜、糟辣子、豆豉、老酱、卤腐、茄子酢……从跟我差不多高的咸菜罐里捞出来时，我总要迫不及待地大快朵颐，只有这样，才能把那些不满发泄。

在那个没有冰箱、冷库，没有添加剂、保鲜剂、防腐剂的年代，盐是不可替代的存在，腌制是必须具备的存储技能，咸菜是物资匮乏的生活里最好的收藏，最美的点缀。农村妇女们把她们所能接触到的、收集到的瓜果菜蔬鸡鸭血肉五谷杂粮……全都变着花样地腌！那时，咸菜的品类可谓是五花八门、五彩缤纷。母亲仗着勤劳，仗着触类旁通，仗着好学不倦，仗着儿女们听话地帮衬，把我家的咸菜做到了极致。

那时家里的咸菜大致分四类：水腌类、半干腌制类、熟食腌制类、发酵类。

水腌类有点类似泡菜，主要针对时鲜菜蔬。但呈贡的腌制手法和泡菜又是有实质区别的。泡菜的腌制是提前在锅中放入水，再加入陈醋、花椒、辣椒、盐、糖，大火烧开，晾凉，再把洗净的菜蔬放进去。而呈贡的做法恰恰相反，是先把洗净的菜蔬切好，放入盐、生姜、辣椒拌匀，一层一层地放入罐中压紧，最后放入洁净的冷水或冷开水。母亲用这种方法腌过的有：青菜、白菜、萝卜、萝卜叶子、苤蓝、黄瓜、莴笋、竹笋、莲花白……最令村里人难以忘怀的是母亲腌的洋丝瓜（佛手瓜），脆生生中有点粉粉的感觉；腌宝珠梨，麻辣酸甜脆爽；腌土瓜，晶莹剔透。母亲腌制菜蔬最大的禁忌是新鲜的茴香。茴香籽放在咸菜里，可以香甜回味，可新鲜茴香直接腌制就是不行，酸涩得能把人秒变表情包。所以就有歇后语：茴香腌腌菜——斜嘬（斜，呈贡方言里有加劲的、歪扯扯的、拧巴的意思）。这句歇后语，经常会在我们调皮时，被母亲用来警告：你莫挨我“茴香腌腌菜——斜嘬（作）”，言外之意：再作就讨打了。

水腌类的咸菜保质期一般三至十五天，再往后便会泡软泡烂了。半干腌制类的保质期要长一些，一般一至两年。它的做法是，把蔬菜洗干净，晒去多余水分（俗称晒至半干），土罐被仔细检查确定没有裂缝后，然后洗净，抹上高度白酒。晒得蔫蔫的蔬菜撒上盐巴辣子，一层一层被用力压实在罐内，然后用洁净的稻草根据罐口大小，编一个“酢舌头”严密堵住罐口，与瓦罐配套的酢盆儿里装上水，将瓦罐反过来罩在（翻扑）瓦盆上，半个月后，就可以陆续吃了。

适合水腌的，一般经过脱水晾晒都适合半干腌制的方法。但蒜薹、洋姜经这种方法腌制后，会产生像蜂蜜一样的东西，吃起来超级爽！小时候最喜欢的缕儿缕儿腌菜，是将整片的大苦菜的叶子用这种方法腌制，半年后就可捞出来，苦菜叶子被死死地压了这么长时间，一出罐口，就到了孩子们手里。孩子们将它抖开，一整片叶子铺展得似乎比他们还高。他们兴奋地聚在一起，比比谁的更长，谁的口味更好。然后小心翼翼地撕下一小缕儿，再撕下一小缕儿，满足地品咂着。

前面两种方法只能针对蔬菜，是绝对不能沾染油荤。而酢这种做法，填补了熟食、肉类腌制的空白。

做酢得用到酢面。酢面是用大米（有的也用苞谷）、草果、八角、茴香籽等炒黄炒香了之后，磨成稍粗的粉。把熟食拌上盐巴辣子裹上酢面，放进酢罐里压实，再用“酢舌头”封严罐口，翻扑在放了水的酢盘里。由于酢面起到吸收食物水分，填充空隙的作用，所以汤汤菜菜，肉食素食均可做酢。最受欢迎的茄子酢，是将茄子加上辣椒切好、晒干、淘净、蒸熟，然后裹上酢面；肉酢是将肉大块煮熟，除了酢面，有的还配上萝卜丝丝；口水酢听着就有点非议，因为这是村里红白喜事吃不了的剩饭剩菜，拌上酢面，高温炒制而成，由于炒制时要放油，宴席上的剩菜里本身也有油，炒得香喷喷油噜噜的口水酢，着实逗口水。马嚼酢不是马咬过，而是把新鲜的芥菜叶子舂碎，和上酢面做成的。这是酢里少数几款用生蔬直接做的酢的代表，吃起来有股清香味。

酢从制作的那一刻起就可以吃，扑在酢罐里，随着时间的延续，食物会渐渐变酸。当然也有等不及酢变酸的人家，会在年三十大大地煮上一锅萝卜白菜苦菜茴香，然后年三十吃，大年初一吃，吃烦了也不倒，装到瓦盆里，盖上个盖子，一直在自然状态下摆到初五六，然后把酢面倒进这已经酸馊酸馊的汤汤水水里拌好，虽然看着不太美观，但是在锅里摊平，用小火慢慢炒出来吃时，酸香可口，着实美味。

发酵类咸菜主要针对五谷杂粮，以豆豉、老酱卤腐为代表。豆豉要捂，酱粑粑酱砣砣要晒，卤腐要醮酒。具体的操作过程各有套路，有些复杂，现在的家庭一般也不好复制，就不再逐一叙述。我只告诉你，我吃过刀豆豆豉、黄豆豆豉、虾豆豉、鱼豆豉、糯米豆豉、饭豆豉、干豆豉、水豆豉、土锅豆豉、洋姜豆豉、油豆豉、太和豆豉；吃过素卤腐、油卤腐、菜叶卤腐、肉卤腐、姜卤腐；吃过豆瓣酱、麦面酱、荞面酱、黄豆酱、甜酱、咸酱、香辣酱……

除此之外，还有骨头糁、鱼糁、甘糁等做法。一般是将生的鱼类、肉类剁细，拌上盐巴、辣子、生姜、大蒜、草果八角，放入瓦罐中密封保存。关于糁类，我们似乎又回到了那个开头外婆的故事。还是书归正题，说说我憎恶母亲做咸菜，最后怎么样了。

在我不情不愿地陪着母亲做咸菜的某天，我就长大了，考上大学了，参加工作了，结婚了，生子了，买了房子了。而母亲渐渐老了，儿女们都各自成家不再依偎在她身边了，父亲也去了另外一个世界。

世界在变，中国在变，呈贡在变，农村也在变。似乎母亲只眨了眨眼，当年的茅草房土基房，就变成了一幢幢漂亮的小洋楼；供销社、小卖铺变了大超市；田地里稻谷变成了一年四季不断的鲜花，各种各样的蔬菜；儿女们孝敬她的水果糕点她吃不了，分享给村里的老姐妹，老姐妹也回馈她，一来二去，总会有放烂的摆了过期的被扔掉……母亲说，现在的生活，应该是比过去的皇帝过得还好的生活。有了这吃不完的新鲜瓜果蔬菜，咸菜似乎也被母亲淡忘了。

前两年我换了个大房子，母亲很兴奋，说房子太大会显得空，便搬了两大个咸菜罐过来。两个咸菜罐立在客厅，有些突兀。母亲与咸菜罐对视了两天，有些后悔了：超市里各种各样的咸菜，方便得很，做一大罐咸菜给谁吃呢？第二天，母亲跑去花市，买了两大捆一人高的水竹，插进那个大咸菜罐里，咸菜罐立马变身质朴的超大号花瓶，与房子终于和谐统一了。

前几天收拾厨房，收拾出几袋做五谷杂粮粥的绿豆、红豆，还有一袋同学家地里采的铁角辣，吃不了，已所不欲的东西，送人是不妥当的，扔了又太浪费。于是把辣椒和姜蒜一起洗净剁了，做成了糟辣子；红豆绿豆泡了24小时后，煮熟了，放冷后拌上盐巴辣子花椒，做成了水豆豉；最后意犹未尽，跑到市场上买来一个萝卜两斤青菜，腌了两小坛水腌菜。看着自己的劳动成果，想想当年母亲千方百计地做咸菜的目的，是为了在贫乏的生活资源中存储下生活的希望！而自己现在做咸菜，却只是因为物资丰富后，避免浪费，抑或是为了一种情怀，心里似乎被塞了一把咸菜，有了万千滋味。

周末回娘家，把这些我做的咸菜每样都带了一些。母亲细细地品了品，乐呵呵端了去给房前屋后的大婶孃孃们。听着那一句句：红仙做的？挨你那些年做的不颠上下（差不多）！母亲笑着笑着，眼角却湿润了。

呈贡豌豆粉

据说，从前的豌豆粉不叫豌豆粉，它和其他粮食做的粉，诸如米粉、洋芋粉、蚕豆粉、芭蕉芋粉等等统称“凉粉”。后来，抗日战争修建呈贡机场，美国大兵就过来了。某个炎炎夏日，美国大兵们在呈贡老乡的凉粉摊上吃得畅快至极，连呼“wonderful！wonderful！”并按美国规矩给了点小费。老乡一想，这美国大兵的钱好赚呀，于是每见美国大兵走过，便也大叫“wonderful！wonderful！”祖祖辈辈种庄稼做凉粉的老乡，发音不太标准，于是“wonderful！wonderful！”就被喊成了“豌豆粉！豌豆粉！”

同为凉粉，豌豆粉声名鹊起，难免让其他凉粉有些羡慕妒忌恨的味道。可人家豌豆粉的确 wonderful：颜色是自己的颜色——比豌豆瓣的颜色略浅、含蓄厚道的黄；口味是自己的口味，柔韧滑爽，咸香淡雅。就吃法而言，单纯放一块在嘴里就已经很满足了，划成片油煎很香，打成坨炸出来更爽。不过，豌豆粉最普遍的吃法还是凉拌——拌上油辣子、姜汁、蒜泥汇成的干佐料，吃的是豆粉那份醇正；拌上甜、咸酱油，酸醋，花椒油等调制的潮佐料，酸辣开胃，又是一番滋味。兴之所至，可让店家来个混搭，将豌豆粉米线卷粉拌作一碗（名曰“两掺”“三掺”），三者各有各的口感，花一样钱买两三样，实惠！也正因为豌豆粉既一枝独秀又能随意和谐，所以，豌豆粉在呈贡的美食中有了许多个“据说”。

据说，豌豆粉的前世不太上得厅堂，只是作为“猪面”而存在。在许多许多年前某个漆黑的夜里，呈贡通向两广的那条古驿道边，一个开马店的善良店家，留宿了一个路遇劫匪被洗劫得身无分文的倒霉马锅头。由于当晚店家客满，只能把马锅头安置在猪圈旁的一个角落，夜深人静，饿了几天的马锅头耐不住床头一只木桶里传出的香味诱惑，摸黑偷食桶里食物。饱食过后，桶里的食物已经被吃过半。马锅头自觉无脸见人，趁夜不辞而别。几年后，马锅头靠贩盐起家，富甲一方。但山珍海味食遍，独念那一夜的美食。他寻到店家，一谢当年收留之恩，二访那夜所食美味。店家聪明细心的女儿明白客人所说的美味其实不过是用豌豆面做的猪食而已。她善意地隐藏了真相，用心将豌豆精磨细熬，一味美食终于产生。

又据说，豌豆粉的产生源自另一出美丽的误会：金秋十月，干哥去帮干妹家抢收抢种。因心疼心上人，独自摸黑起床替干妹推磨做豆腐，却误把浸泡了第二天种到地里的豌豆种当成了黄豆，结果，豆腐没做成，却产生了豌豆粉。

管他倒霉的马锅头、好心的店家、聪明的店家女儿，还是有情有义的干哥干妹，大凡美食的产生，总得机缘巧合，凑到那个份才行。豌豆粉的产生，因为有了太多善念的存在，而显得温暖、美丽、圆满。

豌豆粉的制作极其简单，可以用干面煮，也可磨浆熬。水分掌握合适，临起锅时，放点盐就行了。因而，在呈贡，几乎村村寨寨都有做豌豆粉的人家。夫妻俩，你推磨，我滤浆；你凑火，我掌灶；及至摆摊售卖，一个切分，一个放料；就这样夫唱妇随，就这样小夫妻熬成了老两口。

可又因了气候、水土、经验、人品等等的差异，豌豆粉就有了好坏优劣之分，就有了“七甸的豌豆粉，吴家营的佐料”的说法。据说，吴家营曾有位佐料高手，所炼制的油辣子香气四溢，色泽鲜活，能均匀地抱住豌豆粉。有此绝技，高手自是除自己之外，概不外传。每至炼制油辣子之时，均要独自入室，把门严严顶死，方才开工。连老婆儿女这些至亲之人均无法窥见，如此一来，待其死后，其艺自然绝矣！又据说，七甸做豌豆粉的老两口将技艺传给孙子。孙子才开始做时，经验还不充分手法还不娴熟，恐毁先辈声誉，不敢说“自己是二老的孙子”。村中或邻村有些许制售豌豆粉者，为沾二老名气之光，往往自诩是二老亲孙子亲孙女，一时间，老两口孙子孙女众多。所幸呈贡不大，时间一长，豌豆粉水准高下立见，孙子孙女孰真孰假，自见分晓，当时打别人的招牌的，倒成了笑话。

不管是酸、是甜、是麻、是辣，还是本色的咸香，种种据说之后，是呈贡豌豆粉的辈辈相传。有刚刚做出趟口就放弃的、有追忆先辈辉煌的在口头上“想当年的”、有兢兢业业安守本分的、有做大做强的……

不过，总有个道理是不变的：豌豆粉做得正不正宗、实不实在、美不美味，看的就是个态度。

豌豆粉的传说

一

在上一辈的上一辈的上上一辈，在七甸这个小山村住着一户姓王的人家。王家世代农耕，农闲时做做豆腐，一来改善伙食，二来卖点钱，贴补家用。

王家育有一女，名叫玉莲。虽说是独女，却朴实勤快，性情温和。这一年，玉莲已有十八岁，出落得亭亭玉立，来提亲者络绎不绝。玉莲姑娘不论贫富，也不论俊丑，一律摇头。因为她心里早就装了一个人——干哥树生。

树生家住宜良，树生的父亲和玉莲家是至交。因玉莲父母久不生育，便让玉莲父母收树生为干儿子。有这层关系，所以树生便时常到王家帮忙，和玉莲可谓青梅竹马。二老对憨厚勤劳的树生也十分喜爱。

转眼已是秋收大忙时节。整个小山村都是一片繁忙的景象。可玉莲的父母却在这节骨眼上生病了。家里的钱都为父母看病了。玉莲只好一边做豆腐挣点父母的医药费，一边收拾地里的庄稼。就在玉莲累得快撑不住了，树生忙完家里的活计，赶来了。

一到玉莲家，树生二话不说，抓起镰刀就到田里割稻谷。直到日落天黑才回家。吃完晚饭，趁着朦胧的月色，树生泡好第二天做豆腐用的豆子，已是夜深人静。树生这才和衣沉沉睡去。

三更时分，树生便又轻轻起身，摸到灶房里。淘豆、磨浆、滤渣、烧水……树生借着松明子发出的微弱光线，轻手轻脚，生怕惊动了玉莲和两位老人——这段时间，玉莲和父母过得可真不容易，也太苦了。

鸡叫了，锅里的水也开了。树生把滤好的浆下到锅里，边下边搅。树生越搅越觉得奇怪，今天的感觉怎么越来越不对，浆怎么老是抱着搅棍？是不是自己太累，产生了错觉？树生干脆把所有的浆都倒进锅里，两手握紧搅棍，用力搅。直累得满头大汗，锅里的东西却越来越稠了。树生赶紧又找来几根松明子点亮了，一看，树生傻了眼，锅里不是白生生的豆浆，而是黄澄澄的一锅粥！

这时，玉莲也起床来到灶房做豆腐。她看看满头大汗的干哥，又看看锅里，闻了闻满屋的豌豆味，聪明的玉莲明白了：善良的干哥为了偷偷多帮自己干点活儿，错把秋后要种到地里的豌豆种子当成黄豆。这黄豆、豌豆平时差不多，煮出来差别怎么就这么大呢？

玉莲家本就快揭不开锅了，自己却还好心办坏事！树生内疚得不得了。玉莲帮干哥擦去额头的汗珠，安慰他说："别难过，这豌豆也是可以吃的东西，我们把它吃了，就不会浪费了。"说完，玉莲拿碗盛了一碗，一尝，挺香，就是有点淡，有点腥。这玉莲平时就做得一手好菜，她知道用盐巴可以解决这个问题，就往锅里加了一把盐，让树生赶快搅匀。忙完这一切，天渐渐亮了，一锅从没吃过的美味也诞生了！玉莲用缸把锅里的粥给盛起来放好。树生赶忙盛了两碗，给玉莲的父母送去。

因为家里穷困，久病的父母除了自家做的豆腐豆浆和野菜，几乎没吃过其他的新鲜东西。二人一吃这豌豆浆做的粥，立刻胃口大开。没过多久，他们叫树生再去给他们盛两碗豌豆粥。

树生拿着碗走进灶房，再次傻眼了——那些粥全成了一块。树生不忍让老人失望，用刀细细切了两碗，又放了点佐料，给老人端去。老人一看，又换了花样，口味还比刚才的更好，直夸树生孝顺。

树生误打误撞，豌豆当成黄豆，给老人做出了可口的美味，可今天的豆腐是做不成也卖不成了。玉莲不得不为老人的药钱想办法。看到老人这么爱吃这豌豆做的东西，玉莲心想：反正自己一家也吃不了这么多，不如把它拿到村里卖了。可卖东西总得有个名字呀！树生看着玉莲粉红的脸蛋，嘿嘿一笑："就叫豌豆粉吧。"

"冷的叫豌豆粉，那热的呢?"

"热的，热的时候是稀的，就叫稀豆粉吧。"

二人也没工夫细想，就把这"豌豆粉"挑到村头去卖。正是"秋老虎"天气，大家抢种抢收，又热又累，突然吃着凉凉的，又解饿又解暑的豌豆粉，可高兴了。不多一会儿，豌豆粉就卖了个精光。玉莲及时给父母抓来了药。玉莲和树生一商量，干脆把豌豆种又泡了一些，第二天，仍然照旧做了。盛两碗给老人做早餐后，其余的都挑到村头卖了。

在树生的帮助下，王家终于忙完了秋收。玉莲的父母也痊愈了。当年年底，两家老人一合计，给树生和玉莲操办了婚事。王家从此就很少再做豆腐了，而是专门做起了豌豆粉。

讲　　述：王开泰

记　　录：杨红仙

文字整理：杨红仙

采录时间地点：2006年10月采录于呈贡七甸乡七甸村

二

呈贡有个村子叫七甸村。古时候，这个村是昆明通往两广驿道上的一个小驿站。

也记不清是哪个朝代，有个马锅头带领马帮从昆明运送货物到广西。货物运到广西，顺利交给了货主，马锅头高高兴兴遣回同行的马帮弟兄，在广西又逗留了几日，方才往回赶。不想，途中却遇到了一伙劫匪，连货带马将马锅头抢了个一干二净。马锅头又是磕头又是掉泪求情，言明“自己上有八十岁老母，下有襁褓中的孩子”，这才捡了条小命。

马锅头连滚带爬往昆明赶。偏偏老天作弄，又是风，又是雨，马锅头又冷又饿又累，狼狈万分。这天天擦黑，马锅头终于来到了离昆明不远的七甸村。客栈老板心地善良，他一眼就看出这是个遇难之后身无分文的落魄马锅头。虽说店里床位已满，但还是将他留下来，安置在猪圈旁的一张木床上。

总算有了个歇脚的地方！马锅头累呀，和衣倒下便呼呼睡去。到了半夜，马锅头却怎么也睡不着了——三天三夜没吃东西，早就是肚皮贴着脊梁骨，饿呀！可偏偏还有股浓浓的香味往鼻子里钻。马锅头翻来覆去，再也躺不住了，翻身下床，循着香味，蹑手蹑脚地摸索开了。呵，运气还真不错，没摸出几步，他就碰到了一只木桶，香味就是从木桶里飘出来的！伸手一摸，黏黏的，软软的，还有点热气，再一尝，从没吃过，香极了！马锅头欣喜若狂，也顾不得细想，抓起两把就往嘴里塞。

一番狼吞虎咽之后，马锅头的肚子终于饱了。他靠着木桶梭到了地上。屁股一落地，马锅头才发现，坏了！满满一大桶东西被他吃的只剩下小半桶了。他心想，这么好吃的东西一定是主人预备给贵客吃的。自己本来就是个穷光蛋，要是店主早上起来要自己赔钱可如何是好？马锅头越想越不对劲儿，还是赶快溜吧。可店主好心收留自己，自己连店钱也没付，也太不像话了。手头唯一值钱的就只有身上穿的衣服。马锅头脱下衣服放在床上，轻悄摸去，拔掉门闩，消失在夜色之中。

马锅头这番死里逃生之后，发誓不再赶马上路。他坐地经商，由于走南闯北见多识广，不到十年，就成了富甲一方的大户。山珍海味吃得也多了，可就是忘不了十年前的那天晚上偷吃的那东西。日思夜想，便命人抬着轿子，大老远赶往七甸村。

一见到店家，马锅头就讲清缘由，对店家一番感激之后，告诉店家，此行一是谢恩，二是要吃十年前的那晚他在夜里偷吃的东西。店家一头雾水，却见一旁十九岁的女儿冲他眨眼，似乎有话要说，便随女儿走了出来。

女儿把店家带到猪圈旁。

“爹爹，你家可还记得，这位客官当晚住店，根本就没吃什么东西。他一进店就倒在这床上呼呼大睡。第二天天还没亮就不见了人影。你当时还叫人检查看有没有丢什么东西。”

“当时店里什么也没丢，倒是这床上放着一件赶马人的衣裳。”

“可我喂猪的时候却发现，头天晚上煮好的猪食少了半桶，而且，留下的那件衣服上也沾着不少猪食。”

"你的意思是，他那晚偷吃的是——"

"爹，他当时可是饿了几日几夜呢。"

"他今日特意来吃，我们总不能告诉他是猪食。这个咋个整嘛?"

"我们就仿做豆腐一样，挨豌豆拿石磨推，滤掉渣，再用小火悠悠地煮——"

"怕要不得!"

"爹，其实我早就发现，豌豆磨细煮出来蛮香呢。再说，我们干干净净地、认认真真地做，咋个会是猪食？再说了，猪食不猪食么，是人喊出来的。"

"是么也倒是，人家老远地赶来就为这点东西，总不能给人家空跑。"

当下，父女俩商量妥当，店主陪着马锅头故地重游，女儿在家推磨煮制。这店主女儿生性乖巧，手脚麻利。由于父亲多次叮嘱，磨浆滤浆都格外细心。不到半个时辰，一锅黄澄澄、香喷喷的豌豆羹就煮好了。

正是三月天，天气闷热异常。姑娘煮好一锅豌豆羹，看看父亲和马锅头都还没有到家，就用盆将它盛起来，端到井台边，找个背阴干净的地方，打了桶水，将它凉快起来。

十年之后故地重游，马锅头自是感触颇多。他与店家边游边谈，不觉已是红霞漫天，这才回转家来。姑娘端上早已做好的饭菜，倒上茶水，就去端井台边的豌豆羹。坏了，好好一盆羹怎么会变成板板的一块？现做已经来不及了。姑娘用手掰了一片放进嘴里，口味还真是不错！她灵机一动，用刀把这一盆东西划成小块儿端了上去。

马锅头看着眼前的一盆小黄块儿，不禁一愣，再用鼻子一闻，脱口大叫："十年前我闻到的就是这股味道。"马锅头迫不及待地夹了一块塞进嘴里，再次惊呼："爽，太爽了！"其余人一听，也好奇地夹了放进嘴里。这一放不要紧，全都大叫过瘾。一番争先恐后，转瞬风卷残云，只余空盆一只。你道为何？这三月天，人们大多热得连胃口都没了，有这么些香香的、凉凉的东西下肚，不爽才怪！

为了尽享这豌豆粉的美味，马锅头在这小店直住了七天七夜才打道回府。从此，隔三岔五就往这小店跑。店家是个聪明的主儿，干脆把这豌豆粉作为吸引回头客的"撒手锏"。一时间，小店宾客盈门，热闹非凡。周围邻里纷纷效仿，七甸豌豆粉从此名扬四方。

讲　　述：王开泰
记　　录：杨红仙
文字整理：杨红仙
采录时间地点：2006 年 10 月采录于原呈贡七甸乡七甸村

含笑的年糕

母亲总会在除夕的傍晚，用一个深深的大瓷碗，舀起满满当当一大碗米，倒进擦得干干净净的瓦盆里，用井水细细淘洗，然后泡好。

大年初一凌晨三四点，母亲会打起手电筒照着亮，用筲箕控干米里的水分，然后把米倒进院里的石碓，抡起沉重的石碓头，用全力砸下去。“咚”“咚”的舂碓声，震得院子颤抖。泡透了的大米在石碓里被砸成松软的粉末。母亲用箩筛（一种眼子极其细小，单手可持的小筛子）一遍又一遍地筛，细腻的米粉轻柔地落进一个干干净净的盆里，雪花一样悄无声息。没穿过筛网的碎米粒儿则又倒进石碓，再次砸、碾、揉，然后筛……反反复复，直到米粉装了小半盆，碎米粒只剩下小半把的样子。碎米粒做的米糊非常好吃。但是，大年初一母亲是不会让我们吃米糊的，怕我们被糊了心，成了糊涂蛋。母亲会把碎米粒随手摊在一把小簸箕里，晾干，收好。

对待那些精心筛选的米粉，母亲的一举一动更像是一种庄严神圣的仪式：装盛的器具必须反复擦洗，不能沾一点点油污；所有器具必须要放在高处，有东西垫着，不能随地乱摆，人不能随意从上面跨过。母亲将面粉稍稍洒点水，拌匀。这洒水非常讲究，水多了，成了米团，水少了，糕无法成型。母亲是村里蒸糕蒸得最好的婆娘，多年的经验，水分拿捏得恰到好处，但洒水时依然无比慎重。

拌匀的米粉被一层一层装进木甑子里，五六厘米高的时候，用根薄薄的篾片抹平，然后盖上一层用一种母亲称为“吃红”的染料拌好的大红的米粉；再用篾片将甑子里的米粉均匀划成一个个小方块儿；最后在每个小方块儿上放一撮削得绒绒的红糖，谓之“糕眼睛”。糕做好后，便是蒸制的过程。锅里放上清水，端端正正放好甑子，柴火在灶膛里燃烧，不一会儿，锅里“滋滋”冒出热气，米香味弥漫着整个厨房。锅汤滚滚的时候，火一定要越烧越旺，不能减弱，否则糕就黏糊糊，不好吃了。

年糕一熟，鞭炮就响了！我们也就得起床。母亲抽出几炷香点燃，又点燃清洁纸，四方鞠躬叩拜，祈祷着：孩子们健康成长，快快长高！生活一年更比一年好，芝麻开花节节高。祷告之后，就可以吃年糕了。

日子在母亲做米糕的仪式中，平平淡淡地过去。

说实在的，我很反感母亲这烦琐而劳碌的过程，觉得这样毫无意义。加之一场大火烧光了家里的一切，奶奶病逝，父亲自杀，除了贫困还是贫困的母亲还碰上一场车祸瘸了腿，司机逃逸……种种不幸接踵而至，让我无法不去怀疑上天的公平！我麻木地学习，麻木地成长，用沉默表示我的绝望。

那一年的除夕，在我的困窘绝望之中不请自来。

和整个寒假里的每一天一样，我在菜摊上帮忙，一直到菜市场上的所有菜贩收摊，最后一个卖菜的人离开。鞭炮远远近近地欢呼着，礼花在天上盛开。我心如止水，因为快乐都是别人的。我要操心的是，迅速收好菜摊，用自行车载着母亲尽快平安回去。有钱没钱，过不过年，这些对我都没有任何影响。

收拾好摊子，推来自行车。母亲变戏法地拿出一个大包，里面装着青菜白菜萝卜芹菜，半斤肉，一条鱼，一包瓜子花生，一包糖。母亲说，今年不舂糕了，她的脚还没好，使不上劲儿。我说："我舂吧。"母亲心疼地看看我，叹口气，摇了摇头。"那，就不做了，其实……"我没有把下面的话往下说，我怕刺痛母亲。气氛突然变得沉默。

"回家吧！"母亲边说，边坐到自行车后座架上，一只手拽着我的衣服，一只手紧紧抱着那个大包。两棵带着根和叶子的甘蔗被我捆在了自行车侧面。甘蔗是当晚用来顶门的，祈求新的一年的日子从头甜到尾。我踩动自行车，甘蔗的叶子擦着地，"沙沙"作响。

路过一家铺子的时候，母亲突然让我停下。天已经擦黑，大家都忙着过年，商铺早已关门闭户，街道异常冷清。这家铺子像在等待着我们，昏黄的灯光莫名让我感到温暖。

母亲把包放在后座架上，一瘸一拐进了铺子，不一会儿，手里提着个蛋糕出来了。"还剩最后一个，压歪了点，老板 15 块钱处理给我。我给他 16 块，有福有禄，多吉利呀。"母亲笑着，皱纹打着堆地诉说母亲的开心。"舂不动碓窝，就买。现在这日子真方便。"母亲叨叨着，弯下腰，试图把那个压瘪的蛋糕盒抻得平整些。但这边平了，那边又瘪了下去。盒子里的蛋糕，歪朝盒子的一边，蛋糕表层是红红的一层颜色，上面粗劣地开着两朵玫瑰。由于受到挤碰，奶油粘了不少在盒子上面。蛋糕斜斜打了不大不小的一个褶子，像极了母亲历经沧桑后微笑的样子。

"年糕年糕，一年更比一年高……"母亲坐在我的自行车后座上，心满意足地念叨着。再也抑制不住的泪水从眼眶滚落。那个年糕已经换了个并不完美的姿态，少去了仪式，但在我多灾多难的母亲心里依然神圣，依然满载美好希冀。是的，当希望神圣，就可以照亮黑夜；当希望美好，就可以超越一切苦难。希望让我们即使含泪也要微笑，千辛万苦也奋力前行。

那个小小的歪歪的年糕刻在了我的心里。我会歪着嘴笑了。笑着拿到了奖学金，笑着参加工作了，笑着结婚了，笑着生子了，笑着买房了，笑着买车了。

除夕，做年糕，大年初一吃年糕。年糕，生活一年更比一年好；年糕，一年更比一年高。

田野里穿行的冰棒

冬天来的时候，我总盼着下雪，尤其是夜晚下雪，下很大的雪。这样，我的冰棒就会从天上飞舞下来了。

是的，那时候的雪花飞舞着，落满了我的村庄。白茫茫的，不含一丝杂质。每到这个时候，我美丽的梳着两个长辫子的三姐，便会带上我，背着背篓，拿着锅铲、饭勺，奔向田野，去收集那些能吃的雪，制作我们的“冰棒”。

路边的积雪是不能要的，离房子太近的积雪是不能要的，屋顶上的积雪也是不能要的。这些地方，与人离得太近，平时灰尘太大，雪落下的时候，难免也被沾染了，吃下去，大人们说是会变成哑巴的。我相信了，这不能做成我的冰棒，这只是雪。我们要去田野间，要去那沉寂的打谷场，那些地方的雪，才是干净的，才能做成我的冰棒。

我的能吃的雪安安静静地在地里的菜叶子上睡觉，它一定是在天上玩得太野了，太开心，也太累了。我们悄悄地把它放进了背篓里，它也不知道；我的冰棒的原料在草垛上烤太阳，我们用锅铲把它铲进背篓里，它惬意地翻了个身，满意地把背篓当成了摇篮。我忍不住掬一把放进嘴里的时候，它会像一条冰凉的小蛇，从舌尖迅速地溜到喉咙，心，肺，胃，然后整个人便舒坦了，精神了。

我们把一背篓一背篓的雪背回家。在家里最暗最暗的土墙的一角，放一个大大的水缸，水缸周围，围上厚厚的青松毛或金黄的稻草。我们把雪倒进水缸，父亲用木棒头，一下一下，用力夯实在。夯实的雪不再松软，变成半透明的，冰不像冰，雪不像雪的有些硬度的冰棒，一个水缸有多大，它就有多大的冰棒！

我们一篓一篓地将雪倒进水缸，父亲一层一层地将它夯实。然后盖上厚厚的水缸盖，水缸盖上，铺一层雪一样白的纱布，再盖上厚厚的青松毛或稻草。这一缸全副武装的冰棒，是要留到过年吃的。这两天吃的，就用个小盆，将雪压实了。这样的冰棒，太素淡了，我们会偷偷地放点金贵的白糖；有时候，找不到白糖，也会放点盐；还有一次，我们异想天开，用冰棒蘸卤腐！这样有滋有味的日子，只有两天，两天后，雪就化了。呈贡的天气太暖和了，两三年碰到一场雪，一场雪只下一天，然后太阳一出，春天就来了。

母亲说，冬天吃太多的冰棒，肚子会疼死的，我便信了。其实我更相信上学的三姐说的，频繁地揭开水缸盖子，冰棒会迅速融化。我就眼巴巴地盼着母亲揭开那只“大冰棒”上的盖子的日子。像一只猫，被高悬在房梁上的小干鱼吊着胃口，无奈地咽着口水。待得母亲揭开水缸盖子时，往往是半个月后的一个晴朗的午后。我的大冰棒已经融化了一些，变成透明的，浮在水缸里。母亲用刀背一块块敲下，分给孩子们，我们便拿着在全村的小伙伴面前炫耀。拿它对着太阳，发出诱人的光芒；透过这片晶莹剔透去看蓝天……然后，伸长脖子，将每一滴融化的水吸吮。

这样愉快的日子，随着水缸的干涸而终止。于是我就盼着，那个卖冰棒的在村头那片金灿灿的油菜花簇拥的路上出现。

卖冰棒的，穿着一件白的确良衬衣，戴着个草帽，干干净净的，笑眯眯的，很子弟。那辆26寸的永久牌单车，后座上绑着那个神奇的冰棒箱，箱子上面是只企鹅和冰棒两个大字。那时候不知道那是企鹅，只觉得那是一道符咒，箱子上只要有了这个标志，冰棒就不会化了。你看，冰棒在那个箱子里不会化，到我们手里，就化了。

冰棒箱里面，就是五分钱一支的甜蜜蜜、凉悠悠的冰棒！有人没人，他都会打单车上的铃铛，“叮铃铃”的声音像冰棒一样透亮。他偶尔也会吆喝几声：“冰棒！卖冰棒克喽！”于是便会有孩子们、女人们朝他走去。

家里穷。平时，大人们不会给我买冰棒，我也没钱买。只有到农忙的时候，大太阳下，汗流浃背地干得累了，这时候，卖冰棒的单车铃声“叮铃铃”一响，母亲便会在那声“卖冰棒”的吆喝声中掏出三毛、五毛钱来，我便领了圣旨一般，撒腿在田野里飞奔。看着一支一支的冰棒从箱子里拿出来，看着卖冰棒的像冰棒一样的甜甜的笑容，我就想，等我长大了，就嫁给这个卖冰棒的。不过，看着他对每个人都笑，都拿出一支一支的冰棒，再看看自己破旧的衣服，丑丑的样子，就拿起冰棒，头也不回地跑了。

我长大了的时候，田野里再也没有人驮着冰棒箱穿行了，再也听不到卖冰棒的人的消息。草堆没有了，菜地里开始打农药了，三姐出嫁了，温室效应了，下雪的时间少了，黑漆漆的土基房换成宽敞敞明亮亮的大砖房了。当八十岁的母亲坐着电梯回家，嘴里蹦出“污染”两个字时，我知道，我们再也回不去了。

第四章　山野的回声

一棵棵树
一缕缕春草
一片片庄稼
一丝丝绿苔
全都
在春风里盛开
汇成无边的
生命蓬勃激越的海
粉色的白色的黄色的紫色的
在风中舞动的浪花
奔涌向山岗河谷村庄坝子
渲染一世的情怀
爱
需要释放
爱
需要表白
爱
将所有的坎坷遮盖
将所有的沧桑掩埋
在爱的浪漫里
沉醉
一醉千年

梁峰兆雨

据旧志书记载："清康熙七年，归化县与呈贡县合并，统称为呈贡县。因两县各有八景，故合并后，便有十六景。"当然，呈贡县后来又和归化县分开，故呈贡人嘴里一般说的呈贡八景是"老八景"：梁峰兆雨、彩洞奇鱼、碧潭异石、河洲月渚、渔浦星灯、龙山花坞、凤岭松峦、海潮夕照。

百年沧桑，百年风雨，曾经的"呈贡老八景"大多已经在岁月更迭里隐去，唯有"梁峰兆雨"因滇中第一高峰梁王山仍然挺拔险峻、巍然屹立而风采依旧。

梁王山海拔2820米，东汉时期称"装山"，相传古代有猛虎从碧鸡关渡滇池到此山盘踞，为害百姓，彝族先民发挥聪明才智，造木栅将其俘获，因彝语称"虎"为"罗"，"木栅"呼之为"藏"，故又称此山为"罗藏山"。元朝时，梁王在此开辟大校场、小校场、中校场操练兵马，又修建梁王金殿、兵营要塞、寺院、凉亭。从此，人们就呼罗藏山为梁王山。此后，梁王山便有了许多故事。

明朝初年，洪武皇帝钦封的"黔宁王"沐英领千军万马，一路势如破竹：曲靖白石江，生擒达里麻。十万元兵，全军覆没，守押赤城（昆明）的观音保，开城投降沐英。元朝封在云南的最后一位梁王巴匝剌瓦尔密，仓皇撤退到济灵县（现在的归化城），死守罗藏山。济灵城北十里远的地方有条雾纳江，江面宽阔，江水汹涌，且江水有毒。这是因为上游孔雀很多，粪便掉入水中顺水流到下游，中午阳光照射雾气腾腾，中午过江就会中毒，只能晚上渡江。老梁王派刀斯狼、郎思里二员大将守关坡山，在山上设烽火台，一见沐英兵马来就放烟报警，梁王马军就从马军堡（即现在的马金铺）增援。就这样一直相持了十八年。这是“慢征关坡十八年”的故事。

沐英查清雾纳江情况，于夜间冲杀过来，占了关坡山，长驱而入济灵。老梁王退守罗藏山，依仗罗藏山山高林密，山顶上石头又多，用礌石滚木击退沐英兵马。数月久攻不下，沐英想了个计策，派人到呈贡羊落浦买来几千只山羊，在一个漆黑的夜里，将松香明子绑在羊尾巴上，将尖刀绑在羊角上，从羊踪小路赶羊上山。羊在滚木礌石间跳跃自如，攻上山去。据说，这是羊落浦村和羊踪（阳宗）村村名的来历。

老梁王力战沐英，终因寡不敌众而被擒，就地斩首。不料，这罗藏山有九十九个山顶，老梁王有九十九个头：砍了一个头，又从脖子上长出一个，钢刀虽快，却杀不死老梁王。沐英傻眼了。正在发愁的时候，大将军吴杰审讯梁王嫔妃时得知“千杀万杀，不如尖刀叶一擦”，急忙报告沐英。沐英派人割来了尖刀叶草，刽子手拿着一叶草，往梁王脖颈上一擦，果然头掉下来了，鲜血直流，新头再也长不出来了。梁王就此气绝。从此以后，满山遍野的尖刀叶草因为沾染了梁王头上鲜血，草尖总是红红的。这是尖刀叶子草的传说……

其实，历史上的沐英征讨梁王从《明史》所记载“洪武九年（1376 年），帝始欲征云南，命友德巡行川蜀雅播之境……”到明洪武十四年（1381 年），梁王把匝剌瓦尔密战败，逃至晋宁忽纳寨，“……焚其龙衣，驱妻子赴滇池死。遂与左丞达的、右丞驴儿夜入草舍，俱自缢死……”明军征云南前后不过五年时间，并没有漫征关坡十八年。

不过，梁王在罗藏山屯兵是真的，梁王山周围的村子不少因此得名。比如，现今的饮马池村委会，当年就是驻军扎寨，筑池饮马的地方，离村子不远的老金殿遗址，至今还能见到瓦砾；主峰北侧下的菜花坪村，当年种植蔬菜农作物，负责军队的蔬菜供应；庄子村，应该是当年梁王军队粮仓所在地（庄，古指粮仓）；还有什么脚步哨（哨，古代军事编制单位）、杨柳冲（冲，交通要道）等村子的名字都带着当年烽火的气息。

梁王死后，沐英封侯，镇守云南。听得老梁王带走昆明宫中珠宝以及九十九桶金，九百九十九桶银，又听民间四处在传：“梁王山有九十九个顶，找着哪个是正顶，金子银子有九井。”便派人四处打听，寻找梁王埋藏在罗藏山的金银财宝。找来找去没有踪影。他这一找不要紧，关于梁王财富的寻宝传说就更多了，一个个那都是有鼻子有眼儿，煞有介事。

据说，在清朝年间，呈贡斗南村有一户有钱有势的人家，不满清朝的统治，于附近县暗中约得几千人欲反清复明，又怕钱不够用，派人多方寻找梁王埋金银财宝的地方，于梁王山一小山村杨柳冲的“八角亭”内找到梁王所有金银库的钥匙一共七十二把。却因事情泄露，逃遁中，把这七十二把钥匙丢进滇海之中。

也不知过了多少年，一个下江人从呈贡环秀村、丰盛村地方经过，见一块南瓜地里，一大棵南瓜苗上结了一个香瓜。下江人识宝，当即向农家买下这个香瓜，到梁王山一个石崖下，将瓜往石缝中一放，只见石门大开，无数的白牛白马从里面了出来，吓得下江人丢下香瓜回头就跑。只听石崖轰轰作响，石门自动关上，香瓜也被关在洞中。下江人再回来找，却已不知是在哪个地方了。

又过了几年，梁王山一个小山村，有个牧童放黄牛，骑牛路过个石崖旁，只听得一声响，牧童顺眼看去，只见黄灿灿一个洞口，里面堆满了金银。牧童伸手从洞内抓了一个银锭出来，转而一想："我何不回家拿箩筐来挑几筐回家。"于是，他用一块草饼盖住洞口，拿着那锭银子就往家跑，等拿来箩筐，却再也找不到草饼盖的洞口了，而满地的草都长得一模一样，就像没有发生过这事一样。牧童懊丧地回到家里，拿起银锭一看，上面刻着"封库银五两"。从这以后，谁也找不到银库了……

虽然没找到老梁王的宝藏，但人们发现梁王山真真正正是一座美景的宝藏：滇中第一高峰，自带王者之气；一山观"四海"——滇池妩媚，抚仙湖柔美，星云湖灵秀，阳宗海深邃；放眼望三江——南盘江逶迤，盘龙江敞亮，螳螂川写意；一山分四季，四时景不同——春有杜鹃烂漫，夏有阴凉遍山，秋叶野花争艳，冬雪银霜壮观。

梁王山真真正正是一座动植物资源的宝藏：云南松、华山松、柳杉、水马桑、金丝桃、野樱桃、杜鹃花、梁王茶、半夏、草乌、龙胆草……数以千计的植物，随着海拔的不断变化，分别在属于自己的位置绽放自己的美丽。密林里，草地上，除了肥硕悠闲的牛、马、羊，还有敏捷的豹猫、机敏的麂子、狡猾的狐狸，以及蟒蛇、穿山甲、猫头鹰、草猪、九节灵、花脸獐、野兔、野鸡……

山有多高，水有多高。梁王山年降雨量 1 100 ~ 1 400 毫米，相对湿度 76%，是昆明气候四季如春背后的功臣。在梁王山半山腰，曾有白云寺，是明朝初年建的，“寺依巉崖，危峦接天，天欲雨，必有白云如带，系于山腰白云寺……”故民谚有云：“梁王山系腰带，出屋门笠帽戴。”白云寺于清咸丰七年（1857年）毁于兵燹，至今难觅其踪。梁王山顶，有一个叫一碗水的地方，不论阴晴旱涝，一年三百六十五天，在那个一尺见方的红泥土坑里，总有一汪清亮亮的水。在我印象里，我们村里的妇女们在农闲时会邀约着，背着冷饭干粮，天还未亮就启程，不辞劳苦带着香烛纸火，跋涉数十里到这里祭拜，夜半三更方返家。尤其是在干旱的年头，到一碗水祭拜的妇女更众。她们恭恭敬敬地跪在那个小小的水坑前，磕头时无比虔诚，目光里满是敬畏。

你可以说她们愚昧，笑她们无知，但你要正视她们如山泉般纯洁的敬畏：梁王山景致的鲜活、生灵的繁衍、空气的清新，梁王山周边的风调雨顺五谷丰登……都需要仰仗水分的充沛、合理。村妇们对梁王山顶一碗水祭拜的初衷，是对高山的景仰，更是出于对“梁王山顶戴帽，大雨马上到”的确信。土里刨食、靠天吃饭，人们观星象，拜神灵，在经年累月对梁王山的仰望里，他们读懂了山神给出的预示：梁王山朝霞漫天，那就把该晒的都搬出来晒晒；梁王山一风起云涌，那就赶紧收粮回屋，挖地种田。民谚是生活、生产经验的积累总结；祭拜是对丰衣足食、国泰民安的希冀。

后来，因为护林防火，也因为科学的普及，更是因为红红火火的日子给了人们更多的可能、更多的梦想，祭拜的现象渐渐消失了。

是的，现在的生活是前辈们想不到的。谁会想过，当年梁王种菜的仅有 90 多人的菜花坪村，在 1984 年走出 5 个大学生，创下“一门三进士，全村五登科”的奇迹，又在脱贫攻坚进程中，全村整体搬迁，拥抱幸福生活，让岁月把曾经生活过的痕迹渐渐抹去，把绿水青山留给子孙后代。谁会想过，梁王饮马的饮马池村，通过种植菜豌豆、大白菜等无公害蔬菜，以及桃、李、板栗，建起了一栋栋时髦的小洋楼。又有谁会想过，云南电视转播台、云南大学宇宙射线观测站、云南省微波传输站、云南航空公司导航站……这些人类科技的产物，相继在梁王山落脚，与时代交流，与天地对话！

一阵山风掠过，山上大校场、中校场、小校场曲线起伏，草色油绿。牛羊悠闲地啃着青草，天空碧蓝，云彩雪白。我不由想起清乾隆年间贡生余淳咏“梁峰兆雨”诗云：“峰压天池接太清，梁王曾此立军营。高围翠黛将屯牧，满插旌旗散甲兵。四五月觇甘雨信，雨三片见白云横。应时降澍今犹昔，为兆丰年答盛明。”历史如风云变幻，故事如潮起潮涌。梁王的故事还在，今天的故事正在书写。梁峰兆雨，预兆国泰民安、盛世辉煌。

梁王山的野杜鹃

每年春风乍起，便开始计算梁王山野杜鹃盛放的日期，生怕错过。守候了一冬，等着盼着。

山脚下的熟人陆续发来信息：有花苞了，绽蕾了，一片一片地开了……于是兴奋地叫上同样猴急的好友，带上凉饵块、豌豆粉，或者打个冷饭包，走，上山吧，到滇中第一高峰——海拔 2820 米的梁王山，去赴一场春天的约会，去和最美的杜鹃花姑娘相见相拥，美美地融入，一场春梦。

蜿蜒的山路兜兜转转，如一首缠绵的情歌轻柔地哼唱。在心灵的律动里，闪过山脚“千里莺啼绿映红”的山村；闪过成片的松林吐出嫩黄的新芽；闪过绵延起伏的高山草甸；闪过一只展翅的鸟，一朵惊艳的花……一路都是欣喜，一切都如此美好。忽然，从林中闪出星星点点的几丛浅粉、淡红！我知道这是她裙角飞扬的环佩，在给她的情人留下暗语：我就在不远处等你。

是的，她就在不远处等着我。山道上的那个最美的拐弯后面，就是情歌中最炫彩的部分，只有用花腔女高音才能华丽地唱出你所有的惊喜：一片深深浅浅的大红、粉红、浅红，高高矮矮地起伏出美丽的线条；宝石一样湛蓝的天空，是云锦织就的头巾，映衬得她格外秀丽清新。浅浅的那层雾霭飘散着，流动着，这是她的呼吸，在阳光里释放爱的甜蜜。她，比梦中的还美！

冲上山坡，给她一个花痴的拥抱：我，来了！经霜沐雪后的枝干依然挺拔，枝头那挨挨挤挤的花朵，像一个个粉粉的小喇叭。花蕊俏皮地从花心里探出头，冲我们招了招手，我们便彻底在花海里沦陷：头顶是花，腰间是花，脚边是花。每一朵都精神饱满，每一朵都容光焕发，每一朵都饱含温室大棚里的花儿们所不具备的野性和热情。怒放，怒放，一片一片生命的激情，在饱经风霜后浓烈得让人窒息。这是秀美的杜鹃花，更是，可以让山野改变色彩的映—山—红！

依偎着躺下，静静地、呆呆地欣赏。这就是在丛林里，艰难地挤出身体去争取每一缕阳光的野杜鹃！这就是在草地上，从牛马羊群的蹄印里爬起，抖落粪便和污泥的映山红！这就是在悬崖边，仰头望天，根努力地去探寻大地的心脏的梁王山上最艳丽的芬芳！山风呢喃着最动听的情话，虫子蚂蚁们把它搬进洞里珍藏。梁王上的野杜鹃，我心中的映山红，此刻，只是静静地看着我，漫山遍野，是她脸上羞涩的红霞。我终于发现，坚强可以被这样柔美地表达。

是的，我爱上了梁王山上的野杜鹃，爱她的秀美，爱她的坚韧，爱她排除万难不顾一切地盛放，爱她羞涩的坚强。我知道，这万分的爱，注定只能是凝望，但又有什么关系，爱，能给我们彼此力量：好好活着，坚强生长。

春风再起，梁王山上的野杜鹃，我，依然还会来看你。

仙人脚迹

从来不知道，在我家附近，还有这样的景致。在这个春天的暖阳里，万溪冲村的老杨带着我们，和她来了一场艳遇。

她的名字叫仙人脚迹。据说是一对神仙眷侣羽化登仙的地方。前两年，万溪冲村实行土地流转，在土地的流转过程中，对这片土地颇有情怀的老杨承包了下来，一共二十六亩，不大的地方，但足够惊艳，也足够神奇。

惊艳一：仙女的“浴缸”。我本来想用文艺点儿的“瑶池”二字的，可这些石头的造型，实在与今天的浴缸太像了，估计是神仙的体型较高，这些“浴缸”进行了放大处理。这对神仙应该是非常浪漫，也非常爱卫生的，在这片不大的地方，居然摆放了两个连在一起的一组、单个儿的三个，一共深深浅浅，大大小小五个“浴缸”。“浴缸”不远处，扯开一片十多米长，三米高，最薄处仅有四十厘米左右的巨大石片，折叠蜿蜒，形成了一道天然的“浴帘”。老杨说，一到雨季，这浴缸里是会有积水的。在附近田地里劳作的村民，打个农药什么的，就到这里面取水。

惊艳二：岩壁上的脚印。从神仙沐浴的双人浴缸过去几十米，耸立着一道弧形的石壁。离地不到两米的位置，一个四十厘米左右的脚印深深地陷进石壁。这是一个男人的脚印，脚后跟、足弓、五个紧扣地面微微弯曲的脚趾的印记清晰可见。脚印旁边，是一个深深的，八厘米见方的石坑，像是拐杖用力杵下的。在这个脚印的下方，原来还有一个三十厘米左右的女人的脚印，穿着鞋，略深。20 世纪 80 年代，不少人慕名前来观看仙人脚迹，踏坏了周围的庄稼，于是离地面较近的这个女人的脚印就被人为毁坏了。

关于这两个脚印，村里的老人们是有典故的。据说，很久很久以前，男神仙挑着一担土，女神仙背着一篓石头，前去填滇池。滇池的龙王听说了这件事，便埋伏在他们必经的路口学鸡叫。男神仙的一听到鸡叫，以为天亮了，便匆匆忙忙倒了担子里的土，女神仙也急急忙忙倒了背篓里的石头，匆匆而去。两担土化作了大尖山和小尖山；女神仙力气不大，背篓里背的石头不多，慌乱中倒得比较零散，就形成了现在脚下的石头小山。

惊艳三：石头的对话。绕过这个天然的脚印，没走多远，就有一片陷进土里的石林。雨水将它们冲刷出了各种造型：薄如纸片的石壁、圆润的石墩、一个个浑圆的佛肚……野草簇拥着它们。我们可以在石头间跳跃，俯视脚下的风景。

与这片需要俯视的石头相对应的，是百米开外的另一片石林。这片石林的规模稍大，由十来座凸出地面五六米高的石峰组成。虽然不多，却也兼具雄、奇、险、秀的审美特质，也需仰视。穿行其间，只见石头与石头，石头与清香木、老鸹果、马桑、小雀花等灌木自由组合，搭配些杂草、蕨类、地衣、地石榴，天然野趣，美得不拘一格。

石头其实也是怕孤独的。不然，它们不会变幻如此多的造型，不会邀约这么些植被。它们用沉默表示尊重，用守候用陪伴在交流。飞鸟听得懂它们，虫儿听得懂它们，清风听得懂它们，流云听得懂它们。它们静静地，静静地相伴相随。

仙人已去，这些与世界闻名的路南石林一起破土而出傲然屹立的石头，亿万年迎送着日出日落。不远处，信息产业园正在建设。新城正在崛起。

盛开的呈贡

一月，新年伊始。走在呈贡的街头，蓝天，白云，灿烂的阳光。几树粉红的冬樱花映红了天空，一溜银杏树撑开金色的小扇子，苍劲的滇朴扑簌簌洒下赭石色的叶子，枫叶正红，月季正艳，终年翠绿的香樟让人搞不懂这是哪个季节……这就是冬天的呈贡，一个赏心悦目、散发着芬芳、被装点得五色斑斓的呈贡。

一个兴奋的声音传过来："宝宝，你快看，好多花，妈妈这里在开花呢，妈妈在呈贡，呈贡在开着花呢，呈贡在开着花呢……"扭头过去，一个年轻的妈妈，操着北方语言，正和孩子视频。她把手机凑近绿化带里的黄色的菊花，似乎近一点，再近一点，呈贡街头灿烂绽放的鲜花就可以让孩子摸到，花香就能飘进孩子的鼻孔。

"呈贡在开着花呢。"年轻的妈妈一脸幸福，一脸喜悦，在冬日的阳光里，在呈贡的灿烂的鲜花丛中，笑容如花一般绽放。我不由得也笑了。在北方冰雪皑皑、万物凋零的时候，呈贡温暖极了，灿烂极了，美极了，她，在盛开——不只是万溪冲的万亩梨花赛过云霞胜过雪，不只是斗南那成千上万的鲜花年年365天穿城越界，漂洋过海。呈贡，就是一朵鲜花，常开长新，四时不败。

盛开的呈贡，很温暖：冬无严寒，夏无酷暑，四季如春，芬芳绚丽。盛开的呈贡，很大气：有梁王山的磅礴，有滇池水的旖旎。盛开的呈贡，很丰满：有鱼米之乡的富庶，有绿金坝、花果乡、美食城的美誉；盛开的呈贡很有内涵：有三万年前祖先的呼唤，有悠悠岁月里，赵仓雪、孙铸、孙清彦、张天虚、冰心、费孝通……为之代言，更有云集的高校、中学、小学，数十万莘莘学子为中华之崛起而努力奋发。

盛开的呈贡很诱人。在三台山东骧阁顶，俯瞰呈贡时，云南大学的金子强教授，给我讲起一件事：一年春节，他远在新疆的一个学生给他打电话拜年。“……老师，您知道吗，我在一条长长的地埂下，找到了一片钻出泥土的小草的叶子，嫩绿嫩绿的，我的眼泪忍不住掉了下来。”电话声里，金教授听见学生在电话里激动得有些哽咽，听到电话里呼呼的风声，也听到新疆戈壁的漫天黄沙里，那片嫩绿的草叶，昂扬出生命的坚强，春天的希望！金教授顿了顿，他说他那一刻心里很激动，同时也很感慨，呈贡真的是太好了，绿意盎然，生机勃勃，斗南的鲜花品种之多，姿态之美；滇池水之清澈，之碧蓝……这是冬天呀，是冬天呀。祖籍江西的金子强教授同样激动，眼眶有些湿润。我知道，呈贡在他心里的分量——在最冷的冬天，呈贡的美好、呈贡的温暖、呈贡的包容，让谁都无法拒绝。

呈贡在开着花呢。新区建设，呈贡日新月异。宽阔笔直的道路是枝干，耸立的高楼是绿叶；瓦猫、菱角、板凳龙、秧佬鼓、滇剧、花灯、农民画……这些是非物质文化遗产之花；云上小镇、高铁南站、科创新城……这些是现代之花；湖光山色、湿地园林……这些是生态自然之花。有文化、有底蕴、有乡愁、有故事、有资源，现代与传统融合，科技与文化并举，繁花渐欲迷人眼，百般红紫斗芳菲。这，就是呈贡，盛开的呈贡。

是前世怎样的修行，才让我遇见呈贡，土生土长在呈贡。

呈贡是朵花，永远开不败的花。我唯有成为一只蜜蜂，勤奋工作，方能采撷甘甜；我唯有振翅，奋力飞翔，才可共享你的芳姿。此生不负韶华，只为来生继续与你相依。

第五章　存　在

泥土的样子
是大地的样子
红土地黄土地黑土地
阡陌纵横
生机勃勃

泥土的样子
是山的样子
巍峨耸立
绵延千里万里

泥土的样子
是人的样子
女娲娘娘抟土造人
让泥土塑就我们的样子
我们生于斯
也归于此

泥土烧制的青瓦
铺陈岁月的痕迹
泥水铸成的土基
用力夯实的墙壁
所以
泥土的样子
就是生活的样子
泥土做成的盆盆罐罐
陶器瓷器
装下
油盐柴米
苦乐悲喜

泥土存在
我们存在
泥土消失
我们消失
终身离不开的土
融入骨子里的泥
我们生而平等
在轮回里分离
又在轮回里重聚
不必
傲视天地
不必
媚俗而把头低
不卑不亢
不惊不惧
活一个坦坦荡荡的
自己

张天虚与中国20世纪30年代话剧

话剧作为一种“舶来品”，是在近代中国民族矛盾、阶级矛盾日益尖锐的形势下，随着外来文化的输入而逐渐融化到中国戏剧文化中来的。因此，中国话剧从一开始就带有很强的社会政治功能，尤其是20世纪30年代，话剧作为一种政治载体达到了前所未有的高度，其昂扬进取的战斗性曾影响了当时的有志青年，张天虚便是其中一员。

张天虚生于呈贡。1925年，不满14岁的天虚考入省立一中，从此开始接触到话剧。那时，不兴男女同台演话剧，天虚却是挺身而出，不仅在校内演，还被借到女中演出过。因为演出，天虚“常与校中艾思奇、陈祖武等进步同学往来并因在课余排演话剧而和省立师范学校的聂耳相识且成为莫逆之交……”当时，省立一中的学生话剧团曾排演过《少奶奶的扇子》《娜拉》《回家以后》等一批当时颇有影响的戏。天虚也在聂耳逝世后提到过，聂耳曾于1929年10月的省师戏剧研究会举办的成立游艺会上，扮演《罗密欧与朱丽叶》中的朱丽叶和歌德话剧《克拉维哥》中的玛利亚。由此可看出，天虚早期思想一方面受到这些话剧本身所内蕴的争取自由、平等思想的浸润，另一方面则在演剧过程中同进步同学的交往中日渐成熟。

话剧深深地影响着天虚。谈及长达四五十万字的小说《铁轮》在艺术手法上的特点时，作者说自己“企图使场面电影化，并尽量装入戏剧的要素”，“有意模仿辛克莱的《屠场》……”天虚写作《铁轮》时注意到了形象视觉的直观性和结构的紧凑性。当然，进入 30 年代，严酷紧迫的阶级斗争和日益严重的民族危机，把人们对话剧的关注点凝聚到关系国家存亡、民族命运的人生、政治战场，在一定程度上忽略了审美以及话剧的本质。

1935 年 3 月，天虚去东京并参加了杜宣主持的艺术界聚餐会，成为该会主要成员之一。在筑地小剧场上演《视察专员》（即《钦差大臣》）一剧中，天虚饰演邮政局长一角。1936 年 5 月，天虚在东京参加中华留日学生筹组的“中华戏剧协会”并支持公演《洪水》《姨娘》的活动。他说：“在中国留日学生之间，团结就是力量！我们用全副热忱和全副意识来拥护中华戏剧协会。”

天虚对话剧演出情有独钟，但总体看，他的戏剧创作不算多。“中学毕业后曾写过一个七八万字的戏剧”；1937 年 8 月参加西北战地服务团任副股长，为该团写独幕话剧《王老爷》，宣传全面抗战、有钱出钱有力出力的思想。在延安演出时，女作家丁玲曾饰演剧中八路军女宣传员一角。

回国后，张天虚曾一度停止了小说创作，而致力于那最能快速反映时态的报告文学的写作。在《征途中》《行进在西线》两本报告文学中，天虚现实艺术地再现了“西北战地服务团”跋涉征途的昂扬斗志与爱国热忱以及他们的宣传鼓动在群众中的影响。他勾勒了“在前头领着队，鲜红的旗子在她的后面热烈摇摆着”的“丁玲——我们的主任”；在化装宣传剧《汉奸的罪恶》中逼真地“一边哭一边叫”的宣传股长顽皮鬼小陈明；以及饰演《放下你的鞭子》一剧中“香姐儿”一角，催得观众潸然泪下的抗战大明星……

天虚还发表过不少戏剧评论：《谈〈骨肉之恩〉》《〈香雪海〉观后》《〈香雪海〉与“不忍卒视”》《〈凤凰城〉演出之我所见》《〈复活〉的主题》……在这些评论当中，天虚一方面以“戏剧明眼人”的角色对剧本进行介绍，对演出进行分析，如在《果戈里的〈巡按〉》里，天虚这样写道：“果戈里是位伟大的旧俄罗斯灵魂的雕匠……这脚本用中国话搬上舞台是三四年前第一次在日本东京由中华留日戏剧座谈会，以《视察专员》之题名改编了演出来，哄动了当时的日本文化界和中日留学生，不久，上海业余剧社又以《钦差大臣》这题名送到观众之前……”另一方面，他没有忘记了战斗宣传者这一角色。在看了《美人计》之后写的《小心火烛》一文提出对汉奸的活动要加以防范；在1939年9月15日的《盖世报》上高呼《业余剧人联合起来》；救灾《果戈里的〈巡按〉》，《〈复活〉的主题》的最后，天虚亦提出要对“当前内部”的“憎恶和攻讦而混乱整齐的步调和阵容”有个“深刻的了解”，必须把我们自己“一切丑恶的卑污而导致中国今天生死存亡的病根”“给予痛烈的扑火和扫荡……”

与当时一些把《复活》《雷雨》归入“与抗战漠不相关为艺术而艺术的话剧”的激进青年相比，天虚对此两剧的态度要平和得多，或许就话剧的“革命性”与“艺术性”也曾有过疑惑。笔者做此推测是因为1939年曹禺名作《原野》来昆演出曾闹得昆明沸沸扬扬，而天虚此时与曹禺一道都在为“暑期文艺讲习会”举办讲座，天虚对此剧一言不发，不可不疑。而在同年10月看了昆明儿童剧团上演的《小间谍》后，一面“对孩子演员的成熟感到高兴”，另一面则指出该剧“用10岁左右的孩子”“假装了一个大孩子的身份”，“在她肩上压着一般孩子所忍受不了的大孩子的重荷”，这种“往着非纯洁天真孩子的方向发展的畸形诱导”“对她将来的成就会是一种罪过”。在这里，他虽说“从这群孩子身上看到了中国的将来”，但对这种单纯为了宣传，而不顾演员乃至角色的年龄限制扼杀儿童天性的演出他亦“愤然与笔”。

天虚“长才未尽，赍志而殁”，然抛开他在报告文学方面的成就不论，就他与 20 世纪 30 年代的中国话剧之间的联系而言，天虚虽于之无多少贡献，但他却代表着他们那一代青年，至于他们走上革命道路，话剧曾或多或少产生过影响，他们亦曾对话剧追求过和困惑过。话剧的政治性与话剧的艺术本质是否相矛盾，这不只是昨天的问题，于今天有志于话剧事业的青年，也值得思索。

（本文承蒙云南大学中文系蒙树宏教授及云南艺术学院吴卫民教授指导）

寻找高金华

20 世纪 90 年代，我刚到文化馆参加工作不久。昆明某报社的记者打来电话，说他们到了大渔村高金华的家，大门紧闭，问还有其他方式找到高金华吗？熟知高金华的艾如茂老师，让他们到村头高金华搭建在自家地里的窝棚里去，肯定能找到。为了画画，好好的家不住，却搬进窝棚，高金华似乎与村里人不太一样。

瘦小、寡言，一蓬浓密的头发倔强地立于头顶——这个不一样的村里人，在 20 世纪八九十年代，找他的人很多：帮农户画壁画，帮妇女们画围腰、鞋面儿、帐沿；到寺庙里塑佛像……

1982 年，在呈贡文化馆举办的书画展上，高金华的写生画获得了三等奖。也就在同年，他被呈贡文化馆选送参加昆明市文化馆举办的美术培训班，为期 20 天的学习结束后，在全省举办的首届农民画展中，其在艾如茂老师指导下创作的《花市》获二等奖并在《云南日报》上刊登！从此，这个爱画画，却未接受过专业院校训练的农村人，开始了他砍瓜切菜般收获各类民间绘画奖项的过程：1996 年《梨园欢歌》《老鼠嫁囡》获呈贡书画展一等奖；1997 年《庆回归》《必有我师》获昆明市书画展二等奖；1997 年，《童年花季》获全国丁绍光大奖赛展特等奖，也就在这一年，在昆明市群艺馆和县文化馆及有关部门的关心支持下，高金华从自己创作的百余幅作品中精选 50 幅作品，在昆明市文化宫举办个人画展！该画展被呈贡电视台、昆明电视台、云南电视台采访播报，画展中的作品有 30 多幅分别刊载于《云南日报》《东陆时报》《昆明日报》等；27幅作品在西南商业大厦画廊展销，其中1幅作品被国外客商买走……那时候，找他的人又多了不少记者和慕名购画者。

我也找过高金华，是因为觉得本地方小吃的味道和民间绘画的味道很融洽，而他能把两者完美结合。2006年的一天，我带着创作构思，经过打听寻找，终于在白沙河青龙村的一个山坳里找到了他。他在高高的脚手架上，给一栋仿古建筑描金画银。年近50的他，头发介入了几丝白色，虽也还根根矗立，眼神却有些迷茫。那时的民间绘画有些冷，尽管在之后的2000年，他的作品《渔村傍晚》又参加全国民间绘画展获铜奖，并被收藏。可这些似乎对他的生活并无太大的影响，他依然守着手艺人该守的本分，拿着该拿的那点手工钱。

一个月后，他很兴奋地送来了按我的构思创作的五幅图的白描稿。为了尽快让我分享他的作品，他特意和工友调了一天的班。一个下午的看画、淡画，让我终于见识了传说中高金华的"犟"。稿子把我的意图改动了很多，我希望他改回到我的初衷，比如，注意豌豆和藤子的比例，人物面部要画得细腻真实一些……他急了，脖筋有点硬得鼓起来。他大叫我不懂；他说他比我还为画的题材和创意激动！他强调作品只有这样画才会活，或者让我另请高明！

他完全不顾我的感受，激动的有些打噔的话里，只有谈到画画才会很顺溜。对一个沉浸在自己内心最美的作品里的艺术家抑或手艺人，他不会顾及利益得失或者面子，或者是不是会得罪人或影响今后的联系。这或许叫个性、或许叫固执、或许叫不会做人，但我知道，若没了这根犟筋，作品真的有可能流于浮泛。那几幅作品最终没有改动，但真的很好。

高金华就是这样固执地寻找。用纸笔寻找，用色彩寻找，寻找心中的梦。他曾在自家的墙上绘过一幅《百鸟图》，不同的颜色，不同的姿势，却同样地没有眼睛！高金华固执地认为，点了眼睛，它们就飞走了。

你不知道高金华的大脑里会跳出什么可爱或怪异的想法，但在他所作的画面上，你可以看见饱满的绿、灼眼的红，窒息的黑、醇澈的蓝，对比强烈，夸张却不失合理。

高金华在生活中寻找，在传统艺术中寻找。他可以让农村的《巧媳妇》像千手观音一样，生出千只手来，学科学、搞科技、带孩子、做饭、种地……啥都不误（该作品被选印在2009年呈贡冬季万人长跑T恤上）；他让民间流传的老鼠嫁姑娘的故事，在纸上活起来，还活得多了几分风趣幽默；村里的土墙、门前的小树、村头的小河、曾经的劳作场面……在他的笔下真实中却又有些梦幻的色彩。有位记者这样评价高金华："世世代代都是农夫泥脚杆出生的高金华不受年龄、族别、国界和文化高低的限制，以一种一看就懂的语言，把美丽的山水、风土人情收入自己的笔下，淋漓尽致，跃然纸上……有时，高金华会独自抽上一支烟，冷静地思索一会儿，要么就拼命地画画。有时竟忘了吃饭，直到有人多次呼叫，他才肯止笔。"

高金华在画里寻找，我们也曾在高金华的故事以及其他的作品里寻找。画里画外，寻找曾经的辉煌过后，高金华和我们又该怎样面对生活、面对未来？

文章结束，想找主人公高金华看看，问问他对这篇文章有何意见。近一个月的寻找，却无法联系上他，曾经的或才寻找来的几个号码，不是空号就是换了主人，或根本不存在。再婚，做了安宁女婿的高金华，不知他又寻找到了什么？

重识罗丽珍

1987 年，初识罗丽珍。那时我们都在大渔中学上初一，她在 3 班，我在 4 班，两班紧邻，我俩虽然同样热爱绘画，但同样生性内向寡言，当时的交情也不过点头之交罢了。再见到罗丽珍，已是 1997 年。我大学毕业在文化馆搞文学创作工作，她来文化馆交民间绘画的稿子，罗丽珍依然讷言，依然拘谨，不知如何安放的那双手，粗糙，长满茧子。据馆里老师介绍，罗丽珍已是我县优秀的农民画作者，她画的鱼、虾很有特点，作品多次获奖。

我打开她的画，色彩明丽，一笔一画灵动细腻，与她常年劳作的双手形成鲜明对比。我不由感慨，岁月流转，我们会以生活的种种压力为由，放弃最初的梦想。而这个外表柔弱的普通的女子，在闭塞的小渔村，为生活奔波的同时，依然执着坚守着内心追求！这需要怎样的勇气！这样的勇气来自她爱绘画，爱得彻底。

是的，我是应该重新审视这个 1972 年 9 月生在大渔海晏村的女子。这个 1990 年中学毕业后就在家务农的女子，农活、家务想将她磨得琐碎，她却用心中最纯净的颜色将熟悉的生活渲染得五彩缤纷：1994 年，在呈贡绘画创作活动中获优秀创作奖；1998 年作品《牧牛》《捕鱼》《拖鱼》《科学养鸭》《放鸭》《搬罾》《鱼塘》《深夜捕鱼》《围鱼》《花笼捕鱼》入选昆明市纪念“三八国际劳动妇女节”妇女美术作品展，《花笼捕鱼》《摘葵花籽》获奖；1998 年，作品《鱼塘》选登于《昆明日报》，《捕鱼》获云南省美术作品彩云奖“优秀奖”；1999 年，《捕鱼》《拖鱼》入选“99 农民艺术大展中国当代民间绘画作品邀请展”；2000 年，《鱼塘》被云南艺术学院收藏，作为呈贡、官渡、石林三县民间绘画作品联展中唯一一幅被收藏的作品，又参加了学院的交流展；2005 年参加云南省现代民间绘画创作培训班，《专业户》《下花笼》被云南省文化馆收藏；2006 年，作品《晚归》在 2006 年首届中国重庆綦江农民版画艺术节“现代民间绘画精品展”中获三等奖；2007 年作品《晚归》入选第三届中国农民艺术节“今日中国新农村”中国百县农民画展；2008 年，《春耕》在“神彩云南”第二届农民画展中获优秀奖；2009 年《渔家忙》在第二届中国重庆綦江农民版画艺术节“现代民间绘画精品展”中获二等奖；2009 年，《下花笼》《鱼乐园》入选云南农民画优秀作品展；2010 年，《开海》《渔家忙》入选第四届秀洲中国农民画艺术节“时代新风”——中国现代民间绘画新作展……

20 年不懈坚守，20 年酸辣甘苦，20 年累累硕果。罗丽珍默默地将自己内心的绚烂绽放。“我画民间画不是为了追名逐利，倘是为此，我早就不画了。民间绘画的发展有过高潮，也有过低谷。在低谷时期，我曾想，是不是人们把民间绘画看得很贱？我的画会有多少人真心喜爱，用心珍惜？但过不多久，不自觉地又拿起了画笔，没办法，不管多苦多累，内心就是放不下画画，一放下就觉得缺少了至关重要的东西。也许，也许到生命结束的那天我就放下了……”

正因为生命与画画结缘，所以在她的笔下，五颜六色的鱼、五颜六色的虾游得灵动，活得随心所欲。那些捕鱼用的花笼成了鱼儿捉迷藏的道具，而滇池边过去常见的搬罾，简直就成了鱼儿们游戏用的蹦蹦床！她的笔下没有恐惧、忧郁、危险。她的鱼虾，不，是她自己早已游离于现实之外。笔触熟练却又带着心灵的稚拙，色彩浓烈，却又透着单纯。有时想想，做一条罗丽珍笔下的鱼其实也是一件很惬意的事。

罗丽珍笔下的人只是一种印象，虚化的，看不清细致的五官、没有具体的表情。单纯的她，交往的是自然界的纯净万物。但她感恩，一说到画画，总不忘提起 1994 年文化馆艾如茂老师在马金铺乡举办绘画培训班时是何桂芬介绍她去参加的，所以她一有作品绘制完成，总要第一时间送到文化馆。

40 出头，正是不惑的年纪。不知罗丽珍的笔下还会有怎样的生活，怎样的自己？愿君一切美好。

画里画外马庆云

马庆云，人称大胡子，还有人称他“马克思”。智慧的光脑门，个性的头发，浓密的胡须，让所有人第一眼看见后，就都能对他的职业有个准确的判断——这人肯定是画画的。

这个1954年8月出生于云南昭通镇雄的大胡子，是通过人事部人才所考核的一级美术师，中国工艺美术家协会会员、齐白石艺术研究会会员、云南民族研究会会员、昆明市美术家协会会员、呈贡区书画家协会主席……

一连串的头衔领着我们走进马庆云画里的世界：2000年9月，白描长卷《滇歌云舞》在中国书画名家金奖大展活动中获“画圣”金奖；2000年10月国画作品《潇潇雨歇》《画眉声声盼团圆》入编《中国文化名人大写真》一书；2000年11月，国画作品《看尔奈我何》入编人民画报社、中国画报出版社联合出版的《中华翰墨名家作品博览》一书；2005年，作品《百年历程艰庆有余》参加“中国电影百年书画大展”获佳作奖；2007年，作品《八十华诞庆有余》被昆明市工人文化宫收藏；2008年《晓春紫气》被中国美术家协会培训中心收藏；2009年《阿诗玛的期盼》参加昆明市第二届“群星荟萃”美术、书法、摄影展获优秀奖；2009年《东风吹来满地金》入选“中华颂”国庆六十周年全国群众文化美术书法大展；2012年4月，《春回大地》入选第二届全国群众文化美术书法大展获“优秀奖”；2012年国画作品《同根》在庆祝香港回归十五周年中国书画创作大赛活动中获“铜奖”……

马庆云的画作多为国画。一幅宣纸、一管毛笔，浓墨淡彩，勾绘出他内心的世界。他画牡丹迎风怒放，画孔雀花间绽屏；画山、画云、画水、画人………凝神驻笔间，心随意动。

画外的马庆云，并非绘画专业科班出身。年轻时修过铁路、唱过样板戏，扛过水泥，当过电池厂的副厂长。修铁路的间隙，他画画；别人唱样板戏时，他研究人物的形态动作；扛水泥累得浑身散架，可一摸纸笔，精神便抖擞了起来。

因为爱画画，他到处打听谁画得好，到处拜师学艺。

马庆云画画，不是特有灵性的那一类，但他善于学习别人所长，补己之短，慢慢摸索出自己的路子。正因为是野路子出身，他比别人多了几分艰辛，但也少了不少羁绊。

和他一起拜师学艺的伙伴，在现实生活中，学着学着就改行了。有的发财了，有的高升了，可马庆云就是痴心不改。

因为工作关系，他又搞起了雕刻。1986 年，他自费就读齐白石艺术函授学院国画专科，两年后毕业。这次学艺让马庆云受益匪浅。1997 年 1 月，马庆云完成了丽江市政广场中心雕塑《纳西魂》、大型汉白玉雕壁画《古韵》的设计和制作；1997 年 6 月，完成了雕塑《金沙曲》的创作；也就在同年，马庆云调到了呈贡县文化馆工作，成了呈贡群文战线的一名美术辅导员。

来到呈贡县文化馆后，马庆云离绘画更近了。完成文化馆日常工作之余，马庆云常常待在美工室里，一画就是一整天。为了让技艺更精，让思路更广，2008 年，在呈贡文化馆的支持下，时年 40 岁的他又参加了中国美协培训中心花鸟画高研班的学习。

单位同事总亲切地称马庆云为“老马”。马庆云这匹老马就这么一路虚心学习，认真画画。2014 年，文化馆组织呈贡区内的民间绘画作者创作以宝珠梨传说为主题的大型壁画。时间紧、资金少、任务重，马庆云作为主要组织者，在组织刘琼丽等民间绘画作者创作的同时，对壁画原料的选择、绘画流程、尺寸比例等细节严格把关，在短短的 35 天内，长 24 米、宽 2 米的主题壁画就精彩呈现在万溪幸福村，为古老的村庄注入文化的活力。

站在壁画前的老马，花白的须发迎风飘扬。看着画外的老马，我忽然明白了“老骥伏枥，志在千里”的含义。

做臭豆腐的诗人

裴国华不像诗人。在伪娘流行、韩星漫天的当下，诗人应该是纤弱的、病态的，长发泛着油光，衣袂飘飞处，苍白失血的脸上，忧郁的眼神杀死众生，一声叹息让所有的无病呻吟花容失色。

裴国华真不像诗人，他壮硕健康，平头短发、常年劳作让其皮肤黝黑、长着茧子的大手遒劲有力，讷言，但音色沉稳洪亮，不会让你不知道他在说些什么。

裴国华也不是农民。这个出生于1970年的淳朴憨厚的汉子，是20世纪80年代末的高中生。那个年头，也算得上是个秀才。高中毕业，就被当时如日中天的呈贡钢厂招了进去，保送到云南省财贸学校读书。毕业后，回钢厂工作。由于工作出色、人品实在，先后当了钢厂的总库主任、供应科长经理助理。户口也转成了城镇户口，土地就被村上收了回去。随着乡镇企业在市场经济大潮中纷纷凋零，裴国华和他那同样在乡镇企业上班的妻子先后下岗，成了没房子、没工作、无组织、无保障的，住在梅子村老家的“城市人”。实在想不出，这样的境遇下，裴国华还会去写诗，而且，一写就写了二十多年！

这二十多年里，裴国华种着父母面份上的几分地，在企业里打过工，在报社当过记者，在村里当过调解委员会主任、宣传员。他的作品获奖30余次！获奖的背后，是数千首诗歌的辛勤创作。于是，裴国华是呈贡作协会员，是昆明市作协会员，是云南省作协会员，是云南省诗词学会会员。他担任《呈贡诗词》主编，没有固定工资，玩的是奉献。

于是，人们在介绍他的时候，都习惯性地加一句，这是我们呈贡著名诗人裴国华。于是，诗人裴国华每个月都会有几百上千元的稿费，在最艰难的时候，那一笔笔几十几百元的稿费曾支撑起整个家庭的生活。

但诗人裴国华一家的生活，靠的不是诗，却是做臭豆腐。妻子老家是七步场村的，祖辈会做豆腐，而七步场的臭豆腐是远近闻名的。夫妻俩老老实实按照祖辈传承的方法，不偷工减料，不弄虚作假，终于将臭豆腐也做得有了一大批忠实顾客。2012 年，两口子还获得“呈贡区非物质文化遗产（臭豆腐工艺）传承人”的称号。

曾有个不是笑话的笑话，说的是给未能就业的没有经验的大学生推一桩不赔本的买卖——做臭豆腐。为什么不赔本？因为做豆浆没卖掉可以点豆花，豆花没卖完可以压成水豆腐，水豆腐没卖完就放着吧，它会变成臭豆腐。这个外行人编的像个童话的笑话，所幸没给豆腐行业造成误导——因为做豆腐实在辛苦。古人有云，世间千般苦，读书磨豆腐。千般苦里，读书、磨豆腐是最苦的，裴国华都摊上了。但裴国华却还能苦中写诗，用诗意装点生活。

有时候想想，裴国华的人生和他所做的臭豆腐真的很像。当村里人种花种菜发财的时候，裴国华脚下没有自己的土地；当村里人拿到大笔的土地补偿款时，裴国华是村里的宣传员、调委会主任，就这样看着家家拿着土地补偿款笑逐颜开，而他们一家三口却一分没有。我们毫不怀疑他的运气真的像臭豆腐霉到发毛了！可裴国华不自卑，不气馁，让这发霉的生活过出了细腻，活出了馨香：一家人和和气气，父母慈祥，孩子上进，夫妻俩互敬互爱。男人极具责任心，女人勤俭持家。于是，一家子翻新了老宅，日子也越来越好。在他们家里你看不到懈怠沮丧，听不到抱怨，看到的是一首乐观向上的饱含正能量的诗。

我不敢妄评裴国华的诗，文章正如百味，各人自有喜爱。但我欣赏裴国华的生活态度：豆浆没卖掉可以点豆花，豆花没卖完可以压成水豆腐，水豆腐没卖完就放着吧，它会变成臭豆腐——不管老天给了我怎样的形式，自己内心从不放弃自己的价值。

走进段家政

“段家政，1930 年 11 月 30 日生，大理州南涧彝族自治县人，中共党员，中教高级职称。曾就读于大理师范及昆明师范学院。曾在云龙县教过小学五年，1960 年 10 月调呈贡中学后，担任过呈贡一中语文教研组组长……退休前后十数年间，曾接受多届呈贡一中领导的委托、主编一中校史资料共 2 册……教书之余写了一些散文通讯、游记、随笔，也有科学小品，并且有 30 余篇获得省市县报刊一、二、三等奖及鼓励奖……曾主持呈贡诗协工作，并主编《新城诗词》1 ~ 8 期……”

这是段家政 2012 年个人出版《磨盘山老人文集》时，篇首作者简介栏里的内容。

“首先值得一提的是段老对呈贡的深情厚谊。呈贡，是段老的第二故乡。1960 年 10 月，意气风发的段家政调到呈贡中学任教。扎根呈贡五十多年，段老对呈贡的一山一水、一草一木和人文历史都怀着非常深厚的感情……反复读完段老近 200 篇文章，使我得出一个结论：段老是呈贡的‘活字典’……段老的创作精神是可贵的，他在耄耋之年仍笔耕不辍，这是值得我认真向他学的……”这是友人眼里的段家政。

我和段老相识，是 1997 年参加工作，在呈贡作协的一次聚会上。段老话语不多，很平实，也很亲切。一头几近全白的银发与一张红润矍铄的脸相搭配，让人很容易想起“鹤发童颜”这个词语。

真正领教这位中学语文老教师的“厉害”是 2001 年初，女作家陈约红带着山下直美、田川惠两位日本留学生前来呈贡寻访冰心先生足迹。我和段老陪同他们去了呈贡一中，去了默庐，到古城社区的一个私人宅院，找到了冰心先生当年的学生李培伦，看了冰心先生亲笔题写的字幅。操着大理乡音的段老对冰心、对默庐如数家珍，侃侃而谈。他熟识史料，思路清晰，挖掘呈贡历史文化、保护名人故居的真切之情溢于言表。这些，让我这个土生土长的呈贡人汗颜。那时的我对呈贡知之甚少。我不知道，那个三台山之阳的破破烂烂的小四合院就是冰心居住过的地方。在 20 世纪 80 年代段老就与默庐结缘，段老在知情人的点拨下，对这个斗南华氏家族守墓的地方，多方考证、对比、核实，1987 年写了一篇名为《漫话默庐》的散文。这篇文章在当年 9 月的《昆明日报》上发表，引起了强烈反响。冰心研究专家王炳根为慎重起见，带着昆明市作协给他的照片，亲自飞抵北京请教冰心老人，结果证实无误。此后，段老又多次在《云南政协报》《东陆时报》《春城晚报》上著文，探索冰心、费孝通等在云南的史实。

在昆明市第八届人大会议上，段老将保护“冰心默庐”的事写成提案，并得到其他代表的支持和联署……为了默庐，段老呼吁了很多，也奉献了很多。如今，修葺一新的冰心默庐，已成为呈贡的一张文化内涵丰富的名片。

默庐的保护是成功的。然而，更多的时候，段老只能将自己对呈贡浓浓的爱，用笔记录下来：当年，得知一中上院即将拆除时，他写下《依依一中上院情》，作品虽然获奖了，但是上院还是被拆了；古城魁星阁早已没有了绿荷抱阁的景致，他的散文《绿荷丛中一阁立》里，却还记录着 1992 年的那个傍晚——“淡荷碧叶田田朵朵，烘托着一座三层四角、三重翘檐的琉璃瓦古建筑……”

段老有时也会为文章里的一些事物感慨，但不过激，也不会因挫折而消沉。他淡然，却又认真地过着他的日子，写着他的文章。

《新城诗词词》（现更名为《呈贡诗词》）创刊号至第八期，段老是主编，我是编委之一。每每改稿之际，我总有种“可以就行”的偷懒想法。段老不这样，即使是“可以”的稿子，他也要将辙、韵不对的地方一一用红笔圈点出来，再一一斟酌修改。哪怕是我自己已经觉得不错的我的稿子，段老也绝不给面子，不管有没有当着其他人的面，他都会在看稿的第一时间，告诉我哪不对，为什么不对。当时《新城诗词》没有办公室，也没有固定经费。组稿、编辑、校对工作由各编委分工负责，最后汇总到段老手里，于是我常去他家。段老的夫人身体状况不是太好，但很热情。每次交稿子去，总是她帮着段老收拾稿件，然后又忙着招呼我喝水、吃零食。段老总会心疼地对夫人说，“你身体不好，就别忙了，多歇歇，这些事情，我做就行了。”后来夫人得了一场大病，病好后生活不能自理，段老始终不离不弃。再去他家交稿时，夫人已经无法进行语言表达，但依然热情，看见我很高兴。临出门前，她蹒跚着非得亲自出来送我。为了安抚孩子气的夫人，段老急忙搀扶着她出来。过道狭小拥挤，瘦小的段老紧紧搀扶比他还要高出一些的夫人，显得有点吃力。到得门口，他轻轻拍着夫人的手说，我们不送了，我们回家吧，小杨还有事。夫人倚着段老，眼里满是信任。转身的那一刻，我的眼里有些湿润。瘦小的段老身躯逐渐伟岸起来。

对工作认真，对生活认真，认真的段家政认真地将自己所写文章选出 200 余篇，汇编成 50 余万字的《锦绣彩云南》一书；认真的段家政还将自己所写诗词精选出近 300 首，汇编成《晚霞流丹》一书；然后他认认真真地找人校对，联系出版社。2012 年，两本书合称《磨盘山老人文集》，由云南出版集团公司云南美术出版社正式出版。段老很欣慰，因为这个过程，让自己将曾经走过的每一步认认真真地回顾。

这就是我认识的段家政，一个“对故乡的爱、对锦绣彩云南之爱、对祖国之爱，则永远在我心灵深处埋藏”的“极普通的中学教员”（《磨盘山老人文集自序》语）。认真，不浮不躁，不虚度年华，不游戏人生，这就是段家政。也正因此，我会将段老所赠《磨盘山老人文集》好好珍藏。

花乡歌者

呈贡斗南真是个好地方，依着滇池，面对睡美人山，水美土沃。种粮，是粮仓；种菜，是菜篮子；种花，是世界有名的花乡。

杨沛恭就生活在这块土地上，从呱呱落地一步步长大成为小杨、大杨、老杨。老杨种粮是一把好手；老杨种菜从没有输给同村人；老杨种花，枝肥花艳。

斗南人爱唱，花灯唱得河翻水涨，滇戏唱得婉转悠扬。老实巴交，三锤打不出两个屁的老杨也去凑热闹，这一凑，就把“动静”整大了——1988 年，他写了个名叫《柳暗花明》的滇剧小戏剧本，经修改排演后，到省里参加云南省滇东北戏剧节，一不小心就弄了个一等奖！紧接着，1989 年他写了个《老板求婚》，获了昆明市法制调演一等奖；1990 年，滇剧小戏《三人行》获昆明市调演三等奖；《梨乡人的风采》《这户人家》《花恋》《请到斗南花乡来》…一个个小戏剧本从老杨的脑海涌向笔端，又立在了舞台。台上演，台下看，往往忘了丝毫不起眼的老杨。

人们只在乎台上的光鲜热闹，有多少人会注意到写戏的不起眼的老杨？我们会关注舞台上那洋溢着乡土气息的亲切的熟悉的、鲜活的人物命运，记住《柳暗花明》聪明善良的巧莲；《梨人恋歌》里纯真可爱的憨丫头，情真意浓的小石头；《三人行》里敬业正直的永明……没人知道这个手上长满茧子，憨厚质朴的农村汉子，为了编出这些故事熬了多少夜，写废了多少稿纸；也没人猜得到这个只是初小文化的男人，不抽烟、不打麻将，为何会迷上了艰辛异常的戏剧创作。

家人不解，朋友不解，老杨兀自在戏剧创作的天地间踽踽独行——他用小布褂串起《梨人恋歌》里纯洁的爱情；他在《老板求婚》《梨乡人的风采》里展示呈贡人民的精神风貌；《这户人家》外国友人与斗南花农成为好朋友；《花恋》《请到斗南花乡来》让你爱上斗南恋上花乡；《郑和回故里》让你看到不一样的郑和，家乡味的郑和……

极少听到老杨唱灯唱戏，讷言的老杨几年前中风后，更是连完整地说句话都困难。可老杨始终是花乡最执着的歌者。他收集呈贡民间歌谣谚语、民间传说故事，搜集斗南人供奉灯神的习俗，他记录斗南人唱灯唱戏的过程。这些儿歌、童谣、随笔、故事，带着鲜活的呈贡印迹走进《春城文化》《呈贡民间故事》等书籍刊物，为回忆曾经的过往找到了依托。

老杨有爱，爱得深沉。

打开老杨的每个作品，哪怕只是一首精短的儿歌，你都能感受到他对家乡那浓烈而执着的爱。这个不唱歌的歌者，就是凭着这份挚爱，让自己枯燥的生活多姿多彩，让花乡大地歌声飞扬。

年近七旬的老杨，老了。这个守候花乡一生，执着戏剧一生，与花乡息息相关的歌者，3 年前耗时耗力将自己的作品整理出来，希望能出版，却因为种种原因，未能付印。但老杨的戏是印在呈贡的土地上了，而且有人唱过、演过、悲过、喜过。

讷言的花乡歌者，沉默，只是为了有更美的表达。

纸剪五彩梦

当年，父亲非常反对高庆剪纸：一个小伙子，别的不迷，偏偏迷上了剪纸。在呈贡农村，这是只有老太太们才干的事情，而且颇有不务正业的味道。更何况，老高家祖上就是做纸火的，纸火手艺只能挣点小钱，养家糊口还得靠种田种地。更何况“文化大革命”时期，因为这门手艺还害得一家人担惊受怕的。年轻轻的伙子，不说干点大事，最起码也要立下撑门立户的志向，好好上学或好好种地，迷上这老婆娘家做的事，能有出息吗?

可高庆就是迷剪纸。年幼时祖父剪的那些各具形态的花样总在高庆头脑里转悠。那些绚烂的色彩、那些独特的线条、那些别致的图案，总在诱惑着高庆一次次拿起剪刀。先学剪元宝花。那些对称的不对称的、连续的不连续的呈贡本土传统花样，没几天被高庆剪了个遍。周围村子里做鞋子做纸火的老奶奶们看着这个还在上初中的小毛孩居然剪得比自己还好，不由得不佩服高庆的灵性与悟性。当然了，高庆也就没了老师。于是，高庆就去看寺庙里的菩萨、彩绘；看村里老房子的屋檐和门上的木雕，和花草做朋友，追着田里的牛羊马驴琢磨它们的形态，听说小营有位 80 来岁的袁狱兰老奶奶剪纸剪得好，高庆愣是打听到她在龙街摆摊的地点，龙街天去守着人家的摊位，一蹲就是半天。

没多久，村里的小媳妇、老奶奶来找高庆剪花样，画帐沿，高庆渐渐有了点名气。父亲有点恼怒——再这样钻头觅缝地剪下去、高庆会被剪纸毁了！三令五申，可高庆就是断不了剪纸的念头。

高庆心性善良，也不想惹父母生气。可剪纸已经融入了骨髓，不剪就难受，什么酸甜苦辣、烦恼忧愁，在剪刀剪断纸片的那一刻，总会随着纷纷扬扬落下的纸屑散去。无奈，高庆只能和父亲玩起了猫捉老鼠的游戏——白天，该上学上学，该随父母去地里浇地就浇地。晚上，父亲总爱去村里的茶铺坐上小半晚，高庆就躲进自己的房间，关上房门，打开台灯，让思路神游四海，让剪刀精骛八极。什么花花草草，什么虫鱼鸟兽，什么亭台楼阁，高庆用剪刀铺排出自己绚烂的梦。

一夜，正剪得得意，忽听父亲怒吼如炸雷响！原来，父亲深夜回家，四周皆已熄灯寂静。但见一缕幽幽灯光执着于黑夜之中，细辨之下，分明是儿子那单薄瘦弱的小身形印在窗上，于是，就一声长叹，急步回家，抓个现形。那一夜的追悔莫及，那一夜的惊心动魄呀。

幸而，初中毕业后高庆考上了昆明市卫生学校。从此，父亲眼不见心不烦，而高庆也脱离父亲的视线，终于自由。

在学校的那段时间，高庆剪了许多，也收获了许多：2001年首获马金铺中心小学特长生称号，在下半年举办的手工艺比赛中木板雕刻《双凤朝阳》获一等奖。2004 年，在马金铺中学书画比赛中《麒麟送子》获得二等奖。2009 年在昆明市卫校手工绘画比赛中，《十二生肖》《鲤鱼跳龙门》《心心相印》获一等奖。2011 年呈贡区建党 90 周年民间绘画比赛中《美猴献寿》获二等奖，高新区建党 90 周年绘画、摄影、书法比赛中剪纸作品《党的光辉照我心》获优等奖。2011 年春节，在呈贡县文化馆的支持下，在文化馆四楼举办个人剪纸作品收藏展览，在展览现场为前来观展的领导群众进行了现场技艺展示，为春节增添了喜庆。2013 年作品《针线活》获优秀奖。

转眼，高庆从学校毕业了，家里来亲戚问起高庆工作一事，父亲指着高庆的一堆剪纸，一声长叹，唉，不争气呀！亲戚不解，却看出了剪纸的精妙之处：构思精巧，布局匀称，线条流畅，美呀。亲戚将高庆剪的作品带走啦。几天后，这些作品出现在呈贡文化馆的老师面前。老师们来到高庆家，老师告诉高庆父亲，这是艺术品。高庆父亲搞不懂什么是非物质文化遗产，可是，再看那些剪纸，不再觉得碍眼了。

2012 年，呈贡剪纸作为昆明市非物质文化遗产被立项，高庆获呈贡区非物质文化遗产（剪纸）传承人称号。呈贡文化馆还推出了“剪纸进校园”活动，2013 年 6 月至 7 月，高庆走进呈贡区斗南中学，教孩子们剪纸。2012 年 8 月奥地利贵宾参观民间绘画之乡，高庆现场为贵宾展示剪纸艺术，并为贵宾现场剪十二生肖属相赠送交流。2013 年 7 月“第八届花都文化节”，现场展示。2014 年 7 月“第九届花都文化节”现场展示。

2014 年 6 月，作为特殊人才，高庆被引进到呈贡文化馆正式工作；7 月，呈贡文化馆特意成立“高庆剪纸工作室”。

高庆的父亲此刻已经后悔当初反对高庆剪纸了。高庆却问自己，也许当初父亲真支持自己剪纸，自己是否还会在剪纸的路上这样执着。

不管如何，高庆的剪纸是越来越有名了。今年暑假，高庆办了个“暑期少儿剪纸培训班”，结果愣是有几位大妈从头到尾学下来，而且有两位是前一年昆交会上看了高庆的剪纸后，四处打听，慕名从昆明关上一路追星追了下来。高庆剪纸有了粉丝，高庆的剪纸梦是圆了。

这不是传说，这是呈贡农村青年高庆的圆梦过程。自身的努力，世道的开明，相信还有更多的人，圆梦，梦圆。

李有信：滇剧传承任重道远

滇剧是由丝弦、襄阳、胡琴三大声腔构成，于明末至清代乾隆年间先后传入云南而逐渐发展形成的地方剧种。滇剧自形成之日起，就走进了呈贡。20 世纪呈贡滇戏活动广泛分布在斗南、大洛羊、倪家营、小营、中卫等地。随着农村产业调整，外来文化传入，2000 年以后，呈贡滇戏渐渐边缘化，仅剩斗南滇戏尚在继承发展。这其中不得不提到一个人——李有信。作为省级非物质遗产人的李有信，对传承和保护呈贡滇剧起到了重要的作用。

李有信，1954 年 12 月出生，家住斗南社区，昆明信誉建筑有限公司董事长。他身为公司老总却酷爱滇戏，这原因要从斗南与滇剧关系说起。

斗南是一个有着 200 多年滇剧传承的村落，是呈贡乃至云南有名的滇戏窝子。从小耳濡目染，李有信迷上了滇戏。他拜老艺人王树兴为师，学习滇剧的三大声腔。呈贡文化馆李世泽老师、钟玲老师到斗南辅导，他跟着老师认真学习，揣摩角色。他由于嗓音清亮、吐字清楚、行腔优美、扮相俊美，年纪不大，却总当男一号：在滇剧移植样板戏《沙家浜》《智取威虎山》剧目中分别饰演郭建光及杨子荣。1976 年云南省滇剧院到斗南来教戏，他学习了《欢庆胜利》《军民一家》等剧目。学习结束后，由陈荣生、惠瑶萍、马惠明老师带着同台演出。没有走上专业路子的李有信，出于痴迷、巧于机缘，学艺过程中总有专业老师精心指导：刘靖伟、马艺维、文建民、杨卫红、杨茂……有了这些省、市滇剧院团的精英的精心指导、严格要求，李有信的滇戏表演一招一式都透着股专业范儿。

古语有云“玩物丧志”，李有信的事业却没有因为醉心滇戏而荒废，反而因做事专一的这股“痴劲儿”，做得红红火火，风生水起。他自己也成了呈贡建筑行业响当当的李总。

在人们看来，戏痴李有信非常成功——建筑事业蒸蒸日上，表演方面，他频频获奖：1988 年，呈贡文化馆排演斗南村农民作者杨沛恭创作滇剧小戏《柳暗花明》参加第二届滇东北戏剧节，获演出一等奖、编剧二等奖，主演李彩萍获表演一等奖、李有信获表演二等奖、李万盛获表演三等奖；1989 年，他参演的滇戏《老板求婚》在昆明市法制调演中获一等奖；2003 年，他参演的滇剧《村官的家事》参加现代新昆明建设文艺展演，获一等奖；2004 年，他参加昆明市“首届金宏发花灯 · 滇剧演唱大赛”荣获一等奖；2004 年，他加入昆明市戏剧家协会任常务理事；2010 年参加“第七届笑眯乐呵迎国庆曲艺、小品、小戏大赛”，他参演的《春风化雨》获三等奖；2011 年参加“昆明市小戏、小品大赛”，《春风化雨》获综合表演二等奖、个人表演二等奖、乐队伴奏奖等；2012 年 3 月，他被命名为呈贡区第二批非物质文化遗产传统戏剧（滇剧）项目代表性传承人；等等。

为了保护和传承呈贡滇剧，2003 年，在呈贡区文化和旅游局、区文化馆的支持下，李有信牵头，成立了斗南滇剧爱好者协会，并被大家公推为会长。新一代滇剧传承人李玉英、华辅汉、普跃仙、李彩萍、李有信分别担任协会的负责人，协会在传承传统滇剧和推广发展现代滇剧方面都取得突破性进展。作为会长的李有信事业的成功，让他有能力为大家提供良好的平台。他经常自费请老师讲课传艺、指导编排节目；自费带队伍外出到楚雄、大理、曲靖、玉溪、江川等地演出交流；结合现代新昆明建设的需要，请老师创作剧本、请专家指导和排练排演节目代表呈贡参加省、市文艺调演及呈贡区春节期间三下乡和“春台”演出……戏痴李有信及那些和他一样痴迷传统艺术的戏迷们的坚守，有了结果：2005 年，呈贡区文化馆积极申报“斗南滇戏之乡”经昆明市政府批准，被列入昆明市第一批民族民间文化保护名录。和呈贡文化馆一起编排的《村官的家事》获新昆明建设文艺演出一等奖。

随着时代变迁，斗南滇剧艺人渐渐老去，在这样的情况下，呈贡文化馆找到李有信，双方一拍即合，有了“滇剧要从娃娃抓起”的构想，在呈贡区委宣传部、区文体广电局的倡导下，在区文化馆的大力支持下，在斗南街道、斗南学校的支持配合下，于 2014 年 9 月实现了“滇剧进校园”的首次招生。传承人不仅自己到校授课，而且还出资聘请省、市滇剧专业老师进校指导。2015 年 5 月，所编排的节目《滇剧少儿风采》参加“夏日童话”春城文化艺术节少儿艺术才艺大赛获得优异成绩；6 月，参加云南非物质文化传承节表演，斗南小学被评为滇剧进校园先进单位；9 月，斗南学校少儿滇剧再次参加昆明市第三届民族民间歌舞调研活动，荣获传承奖。2016 年 3 月，再次编排的《滇剧少儿集锦》在昆明“圆通樱潮”及呈贡区第四届梨花节上进行表演，获得观众一致好评。这群孩子在斗南滇剧爱好者协会的培养、打磨中，总会有一部分将来成为斗南滇剧未来的传承人。

2018 年，李有信将呈贡民歌《耍山调》与滇剧唱腔相结合，融入现代舞蹈，创新、创作了滇剧歌舞小戏《我们呈贡人》，一改滇戏的程式化形象，活泼生动，让人耳目一新，得到了广大观众的认可。这个节目先后参加了宝珠梨采摘节等多个大型文艺演出，在昆明市总工会举办的“中国梦、劳动美——劳动托起中国梦”昆明市职工文艺汇演中获得二等奖的好成绩。

建筑界老总、滇剧爱好者、非物质文化遗产传承者……每个角色，李有信都认真演绎。在非物质文化遗产保护过程中，如果多几个李有信这样不遗余力、身体力行的传承者、保护者，我们相信，传统文化将会愈加生机勃勃。

写作的意义

晋源老师将这些年创作的花灯歌舞、小戏、对口词进行整理，汇编成厚厚的一本，托我写序。

邢老师说，很长时间没见我了，想找我聊聊他的小戏创作。

我已不在原单位，现在单位所在的地点不好找。不忍心让两位老人家找我，抽空去了趟老城，约在老年活动中心，与他和邢光第老师一起见面。

认识两位老师，已有二十余年。那时的晋老师已接近退休，话不多，面含笑，是位温润如玉的写作者。邢老师是个能唱能演的花灯老倌，是个乐观幽默的老顽童。眼前的两位老师虽说容颜依旧，但终归是岁月不饶人：晋老师已经明显谢顶；邢老师，左眼由于黄斑，已经几乎不能看见东西。但两位老师对花灯的痴爱依旧，时不时地，又有一个花灯小戏、花灯歌舞被某个业余文艺队伍演出。

这是我第三次为呈贡本土作者的作品作序了。在此之前，为杨沛恭老师的作品集《柳暗花明》作序，为诗人裴国华诗集作序，另外还为段家政老师的作品出版写过一篇小文，为李波老师的作品集也写过一篇小文。晋老师同呈贡的其他写作者一样有一个共性，那就是立足呈贡、立足生活，把自己对家乡的热爱注于笔端，默默写作，不求显达，不求回报。正因为有他们的默默付出，呈贡的群众文化才不断有新作推出，呈贡的文艺百花园才常开常鲜。

我真的很感谢每位老师对我的信任，他们认识的人不可谓不多，最终让名不见经传的我来为他们呕心沥血的作品写序，于我，是一种抬举。

文字写作是件劳心的事。所以，大多人学业完成，几乎就不愿碰及；文字创作是桩清贫的活儿，因为身边有靠种菜种花发家致富的，有靠做生意成为老板的，有靠拆迁成为土豪的，却唯独没有靠写作发财的。

所以，我对坚持写作的人，心怀敬意！没有一股傻劲儿，坚持不下去；没有情怀，坚持不下去。尤其是在现在，文学作品已经退去了曾经的光环，“抖音”“快手”“王者”“斗地主”“美团”……将人们牢牢捆绑在手机上。在麻将、电视、广场舞的喧嚣里，人们“忙”得乐不思蜀，哪有时间阅读？哪有时间思考？哪有时间写作？据权威机构调查，中国人均阅读量一年不到两本书，我们不得不怀疑写作这件费力的事：写出来，谁来读？

所以，我不止一次地问自己，为什么要写作？写作的意义何在？

著有《人类简史》《未来简史》的尤瓦尔·赫拉利说：“我们应该是最后一代智人。再过一两百年，世界将被完全不同的实体统治。它们和我们的差距，也许比我们和黑猩猩的差距还要大。这个星球未来的主人会是什么样呢？这完全取决于今后拥有数据的人。控制数据的人，不仅控制了未来，也控制了生命的未来……”

这个星球的未来主人拥有庞大的数据，文字写作在大数据面前如滴水入沧海，微乎其微。可是，我们就应该悲观地放弃文字写作吗？文字写作还有意义吗？

在悲观中，我又回到昨天——我见了两位老师，确切地说，是两位老人家。从老年活动中心下楼的时候，两位老人家一个劲儿地说“不好意思，应该我们亲自去找你，还让你亲自那么远跑来”“实在难为你了，你那么忙”“老了，就颟顸了，还耽搁了小杨这么长时间……”言语里的自责、谦卑、关切，如春阳一般温暖，如家人一般亲切。而二十多年前，我们只是因为剧本而结识，在一篇一篇作品，一个一个字符间，相互了解。从这个角度讲，文字写作，是人与人认识的桥梁，情感与情感沟通的纽带。

我当时笑着对他们说，没事的，我很快也会和你们一样的，每个人都会老，您二老找我不容易，我就方便得多了，再说我对您二老这样做，是因为我相信我老了的时候也有人会这样对我。是的，每个人都会有老的时候，看似很远，其实不经意间老便悄然而至。除了沧桑可以预料，其他都是未知。我们经历了些什么？我们用文字记录，不管那些文字会有几人翻阅，文字记载下曾经某一时刻的所思、所想、所在，只要书籍存在，文字存在，那一刻，那个人，便存在。文字写作，是记录，是回忆，是资料，更是浓得化不开的情怀。

这些年来，我所熟悉的呈贡文字写作者，杨沛恭老师走了，管世恭老师走了，李波老师走了……偶尔查找那些泛黄的地方资料，会见到他们的名字。那一页一页纸张就有了生动的气息。文字，凝固了一个时空，你可以透过纸背，看见另一个时空的呈贡历史文化，或者，另一个时空中的自己。文字写作，是一面有温度的镜子，是一种最牢固的文化传承。

从一个人的情感交流、生活记录、文化传承等等角度来看，文字写作是应该的，也是必需的。它会让我们理清来路，思考活着的意义。

回归晋老师的作品集。作品集分了上、下两个部分，上集是关于家族传承的，下集是晋老师个人创作的花灯小戏、快板、对口词等文艺作品。从作品集的划分可以看出这个有着责任与担当的人的处世态度：从一日三餐，从“油盐柴米酱醋茶”开始，解决了自己的、家人的生存问题，扮演好自己在家族传承中的角色之后，才去写文字。这或许与我们认为的文字作者必须竭心尽力，呕心沥血，方能有惊世骇俗之作，有所出入，因为我们从小所接触到的书中的文人，大多一副傲骨，穷困潦倒、满暖牢骚、郁郁不得志。屈从于生活，似乎不是个好的文字写作者该有的写作态度。但对于一个家庭来讲，这种识体的、顾局的、不任性的态度其实挺好。晋老师本人讲，在现实与理想当中，把生存问题处理好之后，再来“玩”自己的兴趣爱好，这就不会导致为理想用力过猛，而让自己痛苦难受。认真地做过，坦然、淡然面对所有的结果，这是我认为的晋老师能温润如玉的原因。

下集的名字为《艺海初探》，从书名可以看出晋老师一如既往的谦虚与低调。从花灯剧《花都亲家》到花灯小戏《一家三代学纲要》、花灯表演唱《款款七步场的豆腐宴》、快板《保护滇池人人有责》，59 个作品，时间跨度从 20 世纪 60 年代至今，洋洋洒洒近 16 万字。这些作品有着不同时期的烙印，但字里行间是对祖国的热爱，对呈贡的热爱，对家乡的热爱。

默默地写着，不求回报地写着。这厚厚的书稿，是晋老师对自己、对家庭、对社会交出的答卷。

认真的晋老师，还是这样微笑着，默默地前行，无怨无悔，淡然，坦然。愿他一切安好。

滇戏花灯自多情

三万年前的昆明人祖先将足迹印在呈贡龙潭山上，文明的薪火便随着祖先的繁衍生息，在这片炽热的土地上传承、演化、积淀、繁盛，孕育出赵苍雪、文祖尧、戴淳、孙铸、孙清彦、张天虚等文化名人，也孕育出瓦猫、菱角、秧佬鼓、板凳龙等蕴含着深厚历史痕迹、独具地方特色的传统文化。在传统文化百花园中，融合了故事、音乐、舞美、唱念做打的花灯、滇戏，无疑是艳丽而斑斓的。

呈贡花灯在中华人民共和国成立前，几乎每村都有分布，历来就有“呈贡六十村，村村有花灯”之说。其起源最早可追溯到民间社火。历史上的移民、屯兵将江南一带的民歌小调和明清时尚小曲带到了滇池地区，并与当地的山歌、民族歌舞相融合。清代初期，呈贡花灯初步形成。保存完整的独有的《倒扳桨》《金纽丝》《打枣杆》《寄生草》等花灯曲调，特有的背宫唱法让呈贡花灯“个性”十足，成为云南花灯七大支系中影响较大的一支。2005 年，呈贡花灯被列入县级非物质文化遗产保护名录；同年，“呈贡花灯之乡”被云南省文化厅列入首批非物质文化遗产保护名录；2008 年 11 月，呈贡被文化部命名为“中国民间文化艺术（花灯）之乡”。

呈贡滇剧的活动主要分布在斗南、大洛羊、倪家营、小营、中卫等地。其形成及早期活动虽无法考证，但可以明确的是，在清咸丰年间，斗南村就成立了“戏学社”。光绪时期，斗南滇戏演出活动已颇为活跃，曾应邀为时任云南巡抚岑毓英母亲寿宴演出，并受嘉奖。从光绪时期享誉四邻八乡的“菠萝叶小旦”李有才，毕复胜叔侄二人、毕沛，到民国时期的“活关公”赵四先、戏学社社长须生郭以恭、老生毕月楼，再到现在的李有信、李彩萍，呈贡滇剧薪火相传，优秀演员辈出。斗南也成了远近闻名的“滇戏窝子”。2005 年，斗南滇剧被列入县级非物质文化遗产保护名录；2005 年，斗南滇剧被列入云南省非物质文化遗产保护名录；2006 年，“斗南滇剧之乡”被列入昆明市第一批非物质文化保护名录。

“花灯之乡”“滇戏窝子”的盛名背后，是呈贡一批热爱家乡、热爱生活、为弘扬传统文化、繁荣民族民间文艺不懈耕耘的民间艺人、业余作者。他们用心感受生活的美好，记录社会的发展，描摹家乡山水，吟咏时代风云。他们默默无闻，平凡普通。但他们对戏剧的执着让我们一次次被感动：一个叫杨沛恭的土生土长的斗南村农民，在繁重的农活之余，用长满茧子的双手，收集记录呈贡戏剧的前世今生，用地道的呈贡方言写出一出出喜闻乐见的小戏；一个叫管世恭的老群文工作者曾尽力去收集呈贡的二十四场老灯；艾如茂老师在花灯音乐中痴迷了一辈子；李世泽、张宝华、李有信、王学文、邢光第……一辈辈对花灯滇戏痴情的艺人，让呈贡的群众文化活动河翻水涨，让地方戏剧之花长盛不衰。

但是，传统文化传承与弘扬的路上，我们仍然任重道远。随着城市化进程的推进，在农业社会中形成的“农耕文化”受到前所未有的冲击。一些传统文化悄然逝去，呈贡花灯滇剧也面临队伍萎缩、青黄不接、优秀原创作品缺乏的困境。

地方戏剧讲述一个个生动的故事，演绎剧中人物的悲欢离合、喜怒哀乐，折射那个历史时期的社会风貌、民风民情；一个个音符的排列，或行云流水，或哀婉曲折，或高亢嘹亮，丝竹悦耳，乡音回荡。都说文化是城市的灵魂，文化是城市的魅力。传承、弘扬地方戏剧，留住乡音乡情，任重道远。

爱上曲艺这些年

1997 年，从云南艺术学院戏剧文学专业毕业的我，被分配到呈贡文化馆工作。因为初中就有几篇“豆腐块”文章发表，高中有作品获过全国性的奖励，后又有一篇一篇的诗歌、小散文发表，我自然而然加入了作协。一天，馆长通知我到市里开“球鞋”的会，我一头雾水，作为新员工，也不敢多问，乖乖记下地址，一路默念那两个魔性的字眼，不由自主地发笑：世界上居然还有“球鞋”协会？

步行，公交，一路赶到新迎小区市文联，才知道不是“球鞋”是“曲协”——昆明话“曲”发“球”或“雀”的音。幸亏当时没有联想到“雀”，不然一路上我脑袋里绝对是各种“雀神怪鸟”，燕语莺啼。

就是这个误打误撞的会，让二十多岁的我知道了曲协不是作曲的协会，不是卖球的协会，更不是“球鞋”。当时，有一档叫“开心蒙太奇”的节目火遍昆明街头巷尾，剧组的每位老师都是老百姓心中“最亮的星”，能亲眼看见“活的”，那是无比荣耀。而就在这次会上，我全都见到了。缪以煊老师、汪艺德老师、王炳武老师、苗飞老师……这些电视上的明星、笑星活生生就在自己眼前，如此平易近人，如此和蔼可亲！枯燥乏味的会议被开成了笑星脱口秀！你在嘴角上扬，你在放声大笑，甚至笑出了眼泪！但你在笑声里，会感受到老师们幽默背后的豁达及生活的睿智。我不由自主地爱上了这个协会，对开会过敏的我，对这个协会的会议竟然有了几分期待。

由于有戏剧文学创作的基础，加之写过几个小品，发表过大大小小的“豆腐块”文章，我很顺利地加入了昆明市曲艺家协会这个温暖的大家庭。写评书很厉害的罗协中老师对我说：咱们搞创作的虽然不上台，但也不可或缺。好好写，曲艺需要原创作品，需要好作品！

说是这样说，可年轻时心浮气躁，刚加入昆明市曲协的前几年，并不曾研究过什么是曲艺。那时候，忙着适应从学生到群文工作者的角色转换，忙着结婚、生子、创业……其间我先后创作了小品《家教》（昆明市计生调演三等奖）、小戏《花乡轶事》（昆明市人行系统调演一等奖）、花灯歌舞《市场欢歌》、小品《夫妻协奏曲》（呈贡区文艺调演一等奖，参加当年呈贡区春节晚会）、花灯歌舞《计划生育从小抓》、小品《期待》（国庆文艺晚会）、小戏《玉莲招工》（呈贡区文艺调演一等奖）、小品《假币》（昆明市“家家乐”文艺汇演二等奖）、小品《巧治女婿》（龙城镇调演一等奖）、小品《回家》《超生游击队后传》（这两个作品同时获昆明市计生调演二等奖，《回家》还在昆明电视台播放）、小品《美梦难圆》（云岭先锋文艺汇演一等奖）……各种奖项的取得，虽不至于让自己飘飘然，但还是有了“小有成就”的满足。

2004 年，我接到了又一个创作任务，与部队的两名战士合作，创作一个节目，参加昆明市双拥文艺汇演。看看两名战士的情况，我唰唰提笔，写了段部队支援地方建设的相声《花乡情话》。作品获得了汇演二等奖，并被推荐参加云南省展演（后来又获昆明市“茶花奖”）。自己正自鸣得意，却在颁奖结束离场时，被一位评委逗头一瓢冷水：

"丫头，这相声你写的？"

"嗯！"

"有想法。但是你研究过相声吗？你一开场一大段贯口，全程包袱太少……"

这是谁呀？听这意思，我这个作品虽然获了二等奖，但并不是个严格意义上的相声？我把不服写在脸上，也没听这评委接下来的话，假装找自己的队伍，匆匆溜了。回到家，十分不服。第二天，把这个相声往邮箱一投，寄到了曲艺界的权威刊物《曲艺》；然后找相声资料看，搜相声听。一个多月后，这个作品发表了，相声《花乡情话》几个字被印在《曲艺》杂志封面上，我却再也没有了那份得意。这一个多月赌气式的学习，恶补相声知识之后，才知道自己的浅薄：自己虽然写出来个相声作品，却不知道何为"捧哏"何为"逗哏"，不知道"包袱"，不知道"垫话""瓢把儿""正活"……一个对相声知之甚少的门外汉，不能因为一个作品的获奖而忽略了作品存在的问题，以及自己认知的不足。想想那天怒怼那位欲直言给自己建议的评委时，自己那无知无畏的、不屑、怀疑的眼神，不禁汗颜。天外有天，人外有人，曲艺曲种繁多，每个曲种都博大精深，须心存敬畏、平心静气，学习，再学习。

有了这一瓢冷水，后来的创作过程就少了许多浮躁。作品创作出来，也敢于虚心去找老师请教。2007 年，7 岁的女儿随汪艺德老师学习快板。每个周末上一次课。在接送孩子之余，自己也耳濡目染，知道了快板的节奏、韵律。半年后，试着写了段小快板《鸡蛋撞石头》，讲的是母鸡妈妈宠溺小鸡蛋，不管做了什么错事，都认为自己的孩子最棒、最正确，最终小鸡蛋被妈妈宠得不知所以，撞到石头上，作死了。我把不成熟的稿子递给汪老师过目，汪老师笑着说，“放我这儿，我下来好好看看。”以为汪老师只是应付式地客气一下，因为2007年的汪老师，已经出了一系列的喜剧光碟，是云南省曲艺家协会的副主席，大名鼎鼎的“汪老倌”。不曾想，等到下周末再见到汪老师，拿到稿子，瞬间感动：稿子上用铅笔圈圈画画了不少，不少地方看得出改过不止一次！

等孩子们下课，汪老师让我留下，逐一讲解稿子上圈画的地方，讲快板的特点，讲故事结构，讲合辙押韵……作品讲完，师母已经做好了饭，留我和女儿吃饱肚子，这才告辞回家。

从这以后，我的曲艺创作里又多了快板创作。2008年汶川地震，我创作了快板《大爱永存天地间》《爱心》；2009年创作了快板《七彩云南等你来》；2010年创作了金钱板《乡村历险》；2011年创作快板《小保装神》；2012创作音乐快板《消防情》、快板《奶奶的心事》……这些作品都得到了汪老师的无私指导，《爱心》《乡村历险》分别获得昆明市曲艺小戏小品大赛奖项，《小保装神》获昆明市法制作品征集一等奖、昆明市“茶花奖”。

坚持不懈地创作，加上老师们的指导，我的作品日益成熟。小品《讨债演习》、故事《最美女孩》、小品《普法进农家》、音乐快板《文明城市齐心建》、小品《心灵的呼唤》等作品分别在昆明市“笑眯乐呵”曲艺小戏小品大赛、昆明市农民工艺术节、昆明市法制文艺调演等赛事中获奖。2015年，小品《老爷难当》获云南省“中国梦”主题曲艺作品征文二等奖。

在汪老师、罗协中老师的推荐下，我加入了云南省曲艺家协会。从此，对云南曲艺有了更加深入的了解：知道了云南少数民族文化丰富多彩，现有曲艺83种，因此云南被称作“民族曲艺之乡”；知道除了相声、小品、快板、渔鼓、扬琴说唱，云南曲艺的百花园里，傣族章哈、白族的大本曲都有着悠久的历史；看到红河、版纳、曲靖、大理、腾冲……云岭大地那些有着浓郁民族风情，却又洋溢着现代气息的五彩缤纷的曲艺曲种；感受到了每一个曲艺工作者守正创新、默默耕耘的无私付出。

2018年，我创作的小品《追蚊》入选云南省少儿曲艺展演。当主持人宣读评委名单，听到当年给我的作品《花乡情话》提意见被我怒怼的潘卫炎老师亦是评委，不禁十分忐忑：这个作品能否经得起检验？《追蚊》最后得到了全场最高分。在赛后的点评当中，潘卫炎老师对这个小品给予了充分肯定。之后，小品《追蚊》被推荐参加云南省第八届文学艺术创作奖评选，获曲艺百合奖。2020年3月，全国覆盖范围最广、艺术水平最高、规模影响最大的少儿曲艺专项品牌活动——第九届全国少儿曲艺展演启动。经云南省曲艺家协会推荐，小品《追蚊》与全国各地众多节目角逐，最终成功入选，并在《曲艺》杂志融媒播出（全国共有24个优秀节目入选、展播）。

曲协大家庭，有关心、有呵护、有批评、有鞭策，包容而温暖。我知道唯有努力创作，方能不辜负老师们的鼓励与支持：2018年，小品《奶奶回家》获昆明市中小学生语言大赛二等奖；2019年，花灯小戏《开锁》参加云南省玉溪市巡演；2019年，故事《金色的鱼钩》获昆明市第四届故事大赛一等奖；2019年，故事《聂耳与国歌》获昆明市第四届故事大赛一等奖；2019年，小品《胎教》获云南省委宣传部“第二届扫黄打非进基层文艺汇演”一等奖；2019年，快板书《回归》参加云南省曲艺展演；2020 年 3 月，《迎着曙光》、歌曲《迎风逆袭》同一天被新华网采用，点击量近 200 万，歌曲《迎风逆袭》入围云南省彩云奖；2020 年，花灯小戏《工会哥哥到我家》参加云南省易地搬迁文艺演出；2020 年，评书《好儿子坏儿子》获云南省少儿曲艺展演金小百合奖；2020 年，快板书《扶贫爸爸》获云南省奋斗杯文艺作品征集三等奖；2020 年，评书《板凳龙的传说》获云南省民间故事展演三等奖；2020 年与王珺合作快板书《洋洋智斗灰太狼》参加中国曲艺家协会、中共合肥市纪律检查委员会牵头主办的第六届“包公杯”反腐倡廉曲艺作品征集活动，获优秀奖……

一路行来，有过迷惘和困惑，有过孤独与自卑；经历过脚本出来没有演员的苦恼；遇到过领导给你一大堆政治口号，要求你一个不少地写进本子里的郁闷；更多的是和那些把曲协听成“球鞋”的人们解释什么叫曲艺……

稀里糊涂与曲艺结缘，然后就喜欢上了，无悔之余，自然也很关注它的未来。2021 年 3 月，《光明日报》《中国教育报》《中国文化报》《中国艺术报》等多家央媒整版报道曲艺学科建设情况：这说明在高等教育环节完善曲艺的艺术传承链条，广泛开展曲艺的本科教育，具有重大的现实意义和深远的历史意义……

在 2021 年两会召开之际，全国政协委员、中国曲协副主席、中国艺术研究院曲艺研究所所长吴文科在两会提案中提议，在北京组建“中国曲艺大学”，在《普通高等学校本科专业目录》的“艺术学”门类之下增加“曲艺类”专业，在《学位授予和人才培养学科目录》中将“曲艺”作为一级学科……长期关注校园曲艺教育的全国政协委员、中国曲协副主席籍薇在两会提案中提议《曲艺进校园 加强师资力量》。她建议，曲艺人才培养应从“娃娃抓起”，把曲艺教学正式纳入日常学习之中，编纂曲艺教材，提高教师的艺术水准，让传统曲艺成为当今青少年的爱好与时尚追求，从而让这门中华优秀传统艺术传承延续……

2021 年的春天，曲艺，这门有着悠久历史、深厚传统、带着浓郁的民族特点和民间意味的艺术，引得社会如此关注，着实让人欣喜。在春风里展望曲艺的未来，曲艺发展任重道远。保护、传承、创新、发展需要思考，更需要沉心静气、脚踏实地去努力。那就挺直腰板，上路吧。

远方与脚下

（代后记）

在多云的日子，我时常会想起小时候和村里的小伙伴们在田野上跳着、喊着：“热头热头（太阳）过海来，这边的娃娃冷死了，那边的娃娃热死了”……那边是哪里？是很远很远的太阳照着的地方，是我们想象中“那边的娃娃”被“热死”的地方，是神仙眷顾的地方，那个地方叫远方……

对于一个在泥土里生长的孩子，一颗甜甜的水果糖来自远方，一个香香的苹果来自远方，一条粉红色的裙子来自远方，一本有趣的小人书来自远方……远方蒙着薄纱，沐着阳光，溢着花香，让人口水淌。

那些年，村里人走出去的不多。到呈贡县城赶趟龙街都神气得不得了，去趟昆明回来，就连说话都透着“洋气”，哪家要是有个外省的亲戚，那就只剩羡慕嫉妒恨了。听说大婶家有个妹妹嫁给了修呈贡机场的人，去了很远很远的远方。飞机场那时驻扎的是飞虎队，是漂洋过海来的白皮肤高鼻子黄头发的“洋老咪”。我就在想，她是跟着飞虎队走的吗？她是坐着飞机去的吗？那时，经常去机场边，坐在高高的大石碾子上，看空军跳伞，时常会想，那个人会驾着一片白云飞来吗？

四年级时，得了腮腺炎，脖子和脸肿得变形。母亲用井底的淤泥为我敷上，跑到万溪冲娘家找来梨醋的“醋胆”给我敷上，均收效甚微，最后只有把我背进县城医院。县城那是当时的“远方”，县城医院是家人的希望，可当时去医院对于病痛中的我却是个痛苦的过程。

大学时去大理的同学家，那是五朵金花生长的地方，那是蝴蝶泉边巧梳妆的地方，那是梦寐以求的“远方”。看着洱海，不自觉地就和滇池去比；到了蝴蝶泉边，却联想到小学老师带我们去小马坊野炊，那汩汩流淌的龙潭水；到了苍山，想到的是梁王山……我不知道，处在魂牵梦萦的“远方”，为什么还割舍不断脚下的土地。

参加工作了，有机会去了北京。好不容易去到那么大那么大的城市，一定要走走逛逛。东西琳琅满目，但都跟我无关。人来人往，但我却孤独一人。北京新华社有个远亲，北京四环外有个同学。打车挨个去拜访，告诉他们“我来了!”结果在北京绕来绕去的过程中，发现身边人潮汹涌，你却只能孤独前行。从小在村里长大，一抬眼就是熟人熟脸儿，熟悉的街巷、田野，在大大的北京城，我感觉到了自己的无助、渺小。

远方有时也会是一种骨子里的孤独。

2000年6月，那个让我揣测了多年，跟着修机场的人走的、大婶家的妹妹回来了。不是我想象中腾云驾雾的仙女，70多岁，满脸沧桑，满头白发。说起话来，北方口音掺杂着偶尔的呈贡方言。她追随爱情去的远方，是远不及故乡丰饶的北方乡下的一个小村，历史上黄河决堤，曾饿死过人。无数次想回故乡，碍于面子、不舍孩子，加上生活已经拮据到一分钱掰成两半使，那车票于她不只是“奢侈”，而是奢望。曾经的故乡成了远得不能再远的远方。她和大婶讲述着往事，老姐妹俩一起老泪纵横，一起感慨万千。唏嘘的我才发现我在的地方，其实就是别人的远方。

留心脚下的土地，书写别人的远方。换了种心态，再看这脚下的土地，再走、再听，脚下的土地就活了，和我有了许多许多故事，从此再难割舍。

刚工作那几年，跟着艾如茂老师进行呈贡瓦猫的调查、草编菱角的调查、呈贡服饰的调查、小独龙舞的调查，采访过做瓦猫的罗爱军、唱花灯的老艺人张述周，还有村里会做针线的大嫫、会讲故事的奶奶。没什么经费，周围三公里以内的，步行往返；三公里以上的就只能尽量搭车。

2005年，我和艾老师陪同中央电视台《走进幕后》栏目的记者拍摄呈贡瓦猫、呈贡菱角，我得以完整地见证了瓦猫、菱角诞生的全过程。近一周的时间，我们天黑起，天黑回，往返于县城与拍摄点之间。做瓦猫要用白泥土，可当时白泥土已经很匮乏，只能一路颠簸，去到50公里外的宜良的一个路都不太通的小村子去拍摄踩窑泥的场面。挖窑泥，苦；踩窑泥，更苦！细腻的白泥土紧紧抱住老水牛的四条腿，老水牛在泥潭里每迈出一步都无比艰难，我看见了水牛眼角晶莹的泪水。做瓦猫，苦！日复一日在陶盘的旋转里制胚，造型、雕刻……磨秃了指头，粗糙了双手。烧窑也苦！拍摄烧制瓦猫时，像龙岭一样斜长的土窑，由于长时间没有烧用，长了不少杂草，窑内点火，火势顺着窑上升，点着了杂草。一阵扑打后，发现罗爱军被烟熏火燎得额前的一撮头发还有眉毛都焦了……且不说烧窑前要将那些晾好的大大小小的坛坛罐罐的土坯巧妙地放置进土窑里，且不说烧好后，还要把它们再搬出来。

草编菱角看着轻巧，其实也不易。麦秆的购买，掐秆、煮染、编织、攒出造型……整个过程，繁复琐碎。只是相较于土陶的实用，瓦猫的神奇，菱角因为主要功能是孩子的玩具，是对生活的美化，而显得极为艳丽：黄得灿烂、绿得生动、红得欲点燃生活里所有的枯燥。当时四岁多的女儿要还原曾经滇池边的孩童持菱角嬉戏玩耍的场面：穿着外婆给她缝制的小褂，带着外婆做的虎头帽，穿着外婆做的皮拉遢，一切都是印象中曾经的样子。她挥舞着那串鲜艳的菱角，俏皮地跳着，笑着。

依稀还记得，为了让莲藕能卖个好价钱，我和哥哥选择在飘着碎米雪的日子，到冻得比雪还要冰冷的秧田里刨藕。手冻得耐不住了，就拢一堆破败的荷叶和稻草，生一堆火，烤一烤。还记得每个暑假，我的村庄在金灿灿的稻田里，像一艘船。麻雀如行云，游弋在稻田的上空。稻草人吓不走麻雀，我“呦呵呦呵”地赶谷雀时，曾把收音机也甩进了稻田。我也还记得在田野里背着背篓找猪草，仔细辨认奶浆草、郎豆饼儿、酸浆草、灯笼草、哈哈果、小茜草、鸡屎藤、黑马叶、鹅肠菜……我在脚下的土地行走，行走出一个个故事；我在别人的远方行走，心中是骄傲与自豪。

心还依旧，我却已不再年少。曾经的田野，长出了宽阔的道路、高耸的楼房、各种各样的花草绿树。在飞速生长的呈贡，天上、地下、人文、景观、花鸟、鱼虫，每天都是新的，每秒都不一样。看看时光，不管阴雨雾雪严寒酷暑，二十四小时，昼夜交替，亘古不变。看看植物飞鸟，千姿百态，美极了，妙极了。

行走呈贡，感悟呈贡；回忆曾经，更珍惜现在。

现在的呈贡，是更多、更多的人的远方，她飞奔着向前，是为了所有人内心憧憬的远方。

像一根树，在过去的土壤里吸取养分，在未来的天空里伸展枝叶。我们一起成长，成长——

杨红仙

2022 年 2 月